www.lenos.ch

Annemarie Schwarzenbach

# Freunde um Bernhard

*Roman*

*Mit einem Nachwort von*
*Michael Töteberg*

Lenos Verlag

Erstmals erschienen 1931

Erste Auflage 2008

Satz und Gestaltung: Lenos Verlag, Basel
Umschlag: Anne Hoffmann Graphic Design, Zürich
Foto Umschlag: A. S. in Taschkurghan, Afghanistan, 1939
(Schweizerisches Literaturarchiv, Bern)
Printed in Germany
ISBN 978 3 85787 390 4

# Freunde um Bernhard

Um zwölf Uhr mittags drängen sich die Menschen aus ihren Arbeitsräumen, die Omnibusse und Tramwagen stauen sich, Polizisten stehen auf den grossen Plätzen und regeln mit weissen Handschuhen den Verkehr; Radfahrer schiessen zwischen den Wagen hindurch, die in langer Reihe vor einer Kreuzung stehen, immer neue Ströme von Menschen dringen aus geöffneten Türen, eilen die Treppen hinunter und mischen sich auf den Bürgersteigen mit der rastlos vorbeiziehenden Menge.

Unvorsichtig versucht eine kleine Dame, sich zwischen den wartenden Automobilen hindurchzudrängen, ein junger Mann, der am Steuer seines Wagens sitzt, gibt warnende Signale und winkt ihr mit der Hand. Er trägt keinen Hut, sein dunkles Haar fällt in die Stirn, er ist von der Sonne verbrannt, selbst die Hände auf dem Steuerrad sind braun, man sieht es, weil er ohne Handschuhe fährt. Endlich gibt der Polizist ein Zeichen, ungeduldig schaltet Gert ein und fährt in der langen Reihe quer über den Platz. Durch eine Nebenstrasse kommt indessen der Knabe Bernhard; er hatte Klavierstunde und trägt die Mappe unter den linken Arm geklemmt. Auch er ist ohne Hut, sein blondes Haar ist aber ordentlich gebürstet und lässt die helle Stirn frei. Er achtet kaum auf den Weg, er weiss ihn auswendig, eine stille Allee nimmt ihn auf, an deren Ende hinter breitem Gittertor das Haus seiner Grossmutter ihn erwartet. Inzwischen haben sich die Leute zerstreut, nur einzelne Wagen rollen durch die Strassen, die Restaurants füllen sich, man hört das Klappern der Teller und sieht durch die Fenster Serviermädchen und Kellner mit hochgetürmten Tabletts vorübereilen. Alle Schornsteine rauchen, in ruhigeren Quartieren steigen schwarzgekleidete Herren aus ihren Wagen, die Chauffeure grüssen und fahren wieder fort, Kies knirscht, und Hunde bellen aufgebracht hinter den Gittern.

Der weisse Hund Flock, reichlich schmutzig und eben vom Spaziergang zurückgekommen, springt an Ines hoch, sie schickt ihn fort und öffnet die Haustür. Ein junger Diener eilt herbei, nimmt den Hund am Halsband und sagt, der Herr sei schon im Esszimmer. Ines bürstet vor dem Spiegel ihre Haare; sie sind dunkelblond und haben einen schönen, matten Glanz. Dann läuft sie ins Esszimmer, wo der Diener eben zu servieren beginnt, und küsst ihren wartenden Vater.

Mittagsruhe breitet sich über die Stadt.

Der Knabe Bernhard, von seinen Freunden vertrauterweise „Berchen“ genannt, sitzt nachmittags im Wohnzimmer seiner Grossmutter am Klavier und übt. Die Stunde ist leidlich verlaufen, sein Lehrer hat ihm aber gesagt, dass seine Tonleitern an einen Feldweg erinnerten statt an eine glatte und eben verlaufende Asphaltstrasse, und dieser Vergleich, der Anschaulichkeit nicht entbehrend, brachte Bernhard zu dem mutigen Entschluss, fortan täglich eine Stunde Tonleitern zu üben. Nachher, als Belohnung gedacht, folgt das schwere, aber beglückende Studium einer Fuge von Bach, dem grossen Meister, den Bernhard bis vor kurzem wenig schätzte, dessen offenbarende Gewalt ihn aber jetzt plötzlich ergriffen und überwältigt hat. Da ist beispielsweise die vierte Fuge aus dem wohltemperierten Klavier, die ihn mit scheuer Weihe erfüllt und die seiner Empfindung eine Reinheit gibt, die er nicht anders als überirdisch nennen möchte. Zunächst aber übt Bernhard Tonleitern; gewissenhaft versucht er, sich an alles zu erinnern, was sein Lehrer ihm mit immerwährender Geduld einprägte, jene gelockerte Spannung, jenes mühelose und doch intensive Anschlagen der Tasten, jene gleichmässige und geschmeidig fortlaufende Bewegung des Armes. Sein Lehrer wiederholte ihm, dass man in das Klavier eindringen müsse, als seien die Töne anzufassen, zu formen, festzuhalten. „Il faut modeler le piano" ist einer seiner beliebtesten Aussprüche, aus Paris mitgebracht, denn er ist Franzose und beabsichtigt, in nächster Zeit in seine schmerzlich entbehrte Vaterstadt zurückzukehren. Gern würde er dann seinen Schüler Bernhard mitnehmen, den einzigen jungen Deutschen, dessen Begabung er schätzt und dessen weitere Ausbildung er mit Freude übernehmen würde.

Bernhard hat nicht geringe Lust, ihn zu begleiten, aber er weiss nicht, ob seine Eltern ihm den für sie absonderlichen Plan erlauben werden. Er ist kaum siebzehn Jahre alt und schuldet ihnen allen Gehorsam eines noch nicht der Schule Entwachsenen. Es wäre auch denkbar, dass man ihn aus Mangel an Geld nicht im Ausland studieren liesse; verschiedene Bemerkungen seines Vaters lassen Bernhard darauf schliessen, obwohl sie in einem grossen Landhaus mit Pferden und Automobilen recht angenehm und anscheinend in den sichersten Verhältnissen leben. Bernhard fühlt sich durch die Möglichkeit, weniger reich zu sein, als er bisher annahm, durchaus nicht beunruhigt. Die meisten seiner Freunde haben kein Geld, besonders aber der Konservatoriumsschüler Ferdinand, dessen Spiel sein Entzücken und seinen Ehrgeiz hervorruft. Gert allerdings hat reiche Eltern und besitzt ein Auto, und auch Ines ist selbstverständlich reich und verwöhnt; es wäre ein unnatürlicher Gedanke, sich Ines in irgendwelcher Bedrängnis vorzustellen. Doch wie gesagt, Gert und Ines sind Ausnahmen, die anderen essen am Ende des Monats in einer kleinen Kneipe, wo ein Mädchen namens Anna serviert und wo man nur Würstchen mit Bier bekommen kann.

Unter Bernhards Bekannten finden sich auch solche, die immer gut gekleidet gehen und denen ein ansehnliches Taschengeld zur Verfügung steht. Es sind seine Schulkameraden, die ihm aber weniger vertraut sind als der eben genannte Ferdinand und dessen musikalische Studiengenossen. Immerhin ist da beispielsweise ein Junge namens Karl, bei dessen Eltern er jede Woche einmal zum Mittagessen eingeladen ist und mit dem er gemeinsam lateinische Schulaufgaben macht – oder auch der kleine, hellblonde und kindliche Hans Ahlberg, der eine grosse, wunderschöne Mutter hat. Sie hat sehr sanfte Hände, deren innere Flächen weich wie Sammet sind; Bernhard erinnert sich immer daran, dass sie ihn einmal besuchte, als er krank war, und dass sie sein heisses Gesicht streichelte. Karl und Hans Ahlberg sind seine einzigen Schulfreunde, denn Bernhard führt gewissermassen ein geteiltes Leben, und die Schule spielt darin neben der Musik, seinem eigentlichen Herzenswunsch, eine recht geringe Rolle. Dabei ist Bernhard durchaus kein schlechter Schüler, er lernt mühelos und fleissig, und die meisten Fächer interessieren ihn. Allerdings hängt seine Neigung nicht wenig von den Lehrern ab, besonders ist das von der Mathematik zu sagen, die anfänglich Ursache manchen Kummers war und ihm ganz unverständlich blieb, bis endlich ein neuer Lehrer auftauchte, ein klar denkender junger Mann, dessen angenehmer Stimme man gern und mühelos zuhörte. Ihm gelang es, die verwickelten und früher so unverständlichen Sätze in wundervolle Übereinstimmung zu bringen, alles traf jetzt in erstaunlicher Weise zu, und zudem ahnte man, dass alle besprochenen Fälle nur Einzelbeispiele eines grossen Prinzips waren, dem sie alle gehorchten; wahrhaft packende Aussichten eröffneten sich, Zusammenhänge tauchten auf und liessen schliesslich das ganze Weltall als ein noch nicht klar begriffenes, aber überwältigend bewunderungswertes System erkennen, das einen mit Andacht und brennendem Interesse erfüllte.

Bernhard dachte in solchen Stunden an die himmlisch sich aufschwingenden, kunstvoll verschlungenen und fehlerlosen Fugen Johann Sebastian Bachs, seine Gedanken verirrten sich zuweilen, und er war gänzlich betroffen, wenn sein junger Lehrer ihn plötzlich aufrief und ihn aufforderte, das eben Erklärte zu wiederholen. Er schwieg verwirrt, worauf der Lehrer ihn fragte, an was er denn gedacht habe. Gern hätte er gesagt, wohin er durch die Mathematik geführt worden sei, doch schien ihm der Zusammenhang zu problematisch, und er fürchtete, man würde ihn missverstehen. Der Lehrer fragte freundlich, ob Bernhard die Aufgabe denn verstanden habe, worauf dieser sich mutig erhob und es unternahm, die Formel an der Wandtafel abzuleiten. Übrigens war Bernhard zweifellos ein bisschen überlastet, denn neben den Schulaufgaben übte er mit Ausdauer, und abends blieben noch Theorieaufgaben zu erledigen, was viel Zeit in Anspruch nahm. Morgens weckte man ihn früh, er schlief wieder ein, fuhr dann erschreckt in die Höhe, fror beim Anziehen und stürzte ohne Frühstück in die Schule, die er knapp, aber immer noch im rechten Augenblick erreichte.

Gert behauptete, es sei ungesund, so viel zu arbeiten, besonders wenn man Musik studiere, müsse man sich Schlaf gönnen, und nächtliches Aufgabenmachen sei durchaus verwerflich. „Warum machst du denn das Abitur", sagt er, aber Bernhard besteht darauf, dass er die Schule auf Wunsch und zur Befriedigung seines Vaters durchführen müsse, gleichgültig, ob gern oder ungern. Es muss gesagt sein, dass Bernhard ein ehrgeiziger Junge ist, es schmeichelt ihm, dass man ihn für vielseitig begabt hält, und er möchte gern allen Anforderungen genügen. Ganz im Gegensatz zu Gert, welcher darüber spottet, als verachte er alle ehrgeizigen Ziele. Das kann nicht nur daran liegen, dass Gert Geld hat und ein Auto besitzt oder dass er der Freund von Ines ist. Er ist nicht eingebildet im gewöhnlichen Sinn, er leidet sogar an häufigen bitteren Selbstvorwürfen, denn sein einziges Interesse ist die Malerei, zu der ihn eine ausgesprochene Neigung und sicherlich auch Begabung treiben. Aber durch seine Umgebung wird er wenig gefördert, seine Eltern wünschen, dass er einen Beruf ergreife, und er entschloss sich deshalb unter dem Anschein völliger Gleichgültigkeit zum Studium der Jurisprudenz. Aber es ist ihm nicht ernst damit, man sieht ihn selten im Kolleg, er verbringt seine Zeit mit zeichnerischen Versuchen. Unter solchen Umständen darf man sich nicht wundern, dass er dem Lerneifer seines jungen Freundes Bernhard gleichgültig und nahezu verachtungsvoll gegenübersteht; andererseits betreibt er aber seine Kunst heimlich und lebt deshalb in ständigen Zweifeln, ob diese Art seiner Betätigung berechtigt sei. Das heisst, dass Gert sein Talent häufig in Frage stellt und diese Unsicherheit unter einem kühnen und anspruchsvollen Auftreten verbirgt.

Er ist sehr empfänglich, seine Freunde Ines und Bernhard liebt er mit Hingabe, besonders Ines kennt wie niemand die Ursache seiner oft gestörten, weiblich-zarten und zum Leiden geneigten Empfindsamkeit, und sie versteht es, ihn zu schonen. Bernhard bewundert ihn und ist von seiner Freundschaft beglückt. Gert aber liebt ihn auf eine seltsame und beunruhigende Weise; er findet ihn schön und ist von seiner grossen Jugend gerührt. Für ihn kann es keine grössere Freude geben, als Bernhard zu zeichnen und ihn in seiner Nähe zu haben; nicht ohne Grund hat er die Gewohnheit angenommen, jeden Samstag mit ihm und Ines aus der Stadt hinauszufahren. Anfänglich war Bernhard nach dem Essen zu Gert gegangen, doch langweilte ihn das lange Stillsitzen, und er schlug vor, Gert sollte umgekehrt ihn besuchen, er könne ihn zeichnen, während er Klavier übe, so sei für beide die Zeit nicht verloren. Seither kam Gert ziemlich oft, er gefiel Bernhards Grossmutter ausserordentlich, weil er wohlerzogen und unaufdringlich war, und er wurde von ihr einige Male aufgefordert, zum Essen zu bleiben.

Während er zeichnete, machte er häufig kleine Bemerkungen, die Bernhard in Verlegenheit brachten. Regelmässig sagte er: „Berchen, Junge, du hast einen verdammt hübschen Kopf“, wobei Bernhard errötete und den Blick unsicher auf die Tasten senkte. Gert, der es einmal bemerkte, stand auf und nahm Bernhards Kopf zwischen seine Hände. „Es ist keine Schande, hübsch zu sein“, sagte er, und als Bernhard ihm auswich, bog er sein Gesicht ein wenig aufwärts und küsste ihn langsam auf den Mund.

Samstags wird nicht gezeichnet; mit Spannung wartet Bernhard nach dem Mittagessen auf das wohlbekannte Signal und nimmt die dringenden Ermahnungen seiner Grossmutter: langsam zu fahren, abends den Zug nicht zu verfehlen und die Eltern zu grüssen, in Empfang. Denn jeden Samstag fährt Bernhard nach Hause, eine Gewohnheit, die er niemals verletzen würde, obwohl sie ihn daran hindert, Gerts Einladung zu grösseren Fahrten anzunehmen. Das ist schmerzlich genug, denn Bernhard kann sich nichts Schöneres vorstellen, als mit seinen lieben Freunden Gert und Ines durch das sommerliche Land zu fahren, man isst in kleinen Gasthöfen unter grossen Lindenbäumen, man schläft in rauhen Betten, welche nach frischer Wäsche riechen, am Morgen dringt die Sonne durch das Fenster und das Geräusch eines plätschernden Brunnens im Hof.

Aber vorläufig muss sich Bernhard mit dem Samstagnachmittag zufriedengeben, man fährt abends in die Stadt zurück und bringt ihn auf die Bahn, worauf er mit Handköfferchen und Schulmappe nach Hause fährt, wie sich das für artige Jungen geziemt. Dieser Nachsatz stammt natürlich von Gert, ist aber nicht böse gemeint.

Heute kommt Ines mit. Berchen merkt es schon, weil Gert besonders pünktlich ist und weil er vor dem Haus wilde Signale gibt. Seine Grossmutter ist ganz erschrocken, sie ruft, Bernhard solle sich beeilen, man dürfe seine Freunde nicht warten lassen. Und Berchen stürzt die Treppe hinunter und geradewegs in das Auto, dessen Tür schon offen steht. Erst jetzt fällt ihm ein, dass er seine Mappe vergessen hat, er will noch einmal hinauflaufen, aber Gert sagt bloss: „Quatsch, sei froh, wenn du mal nicht arbeiten kannst, du Bleichschnabel“, und schon fährt er ab, ohne sich um Berchens sichtbare Verzweiflung zu kümmern. Ines wartet vor ihrer Tür; sie trägt einen hellen Mantel und helle Handschuhe, und an der Leine hält sie Flock. Flock, den Bernhard manchmal spazierenführt, ist ein ziemlich kleiner, zweideutig geratener Hund, dessen Fell weiss sein sollte und der deshalb ziemlich viel Arbeit gibt. Heute beispielsweise ist er grau meliert, und Ines entschuldigt sich, sie habe leider keine Zeit gehabt, ihn zu waschen, und Franzl, der Hausdiener, habe Ausgang. „Dein Freund Franzl“, sagt sie zu Gert, „der dich grüssen lässt.“ Gert hat eine besondere Neigung zu Franz, der ein schöner Bursche ist, gross und blond und viel stärker als Berchen, wenn auch nur ein Jahr älter. Ines missfällt diese Neigung, obwohl sie gegen Franzl an sich nichts einzuwenden hat. Aber es stört sie, wie sie sagt, nicht zu wissen, ob Gert eigentlich ihretwegen kommt oder um Franzl zu sehen. „Immerhin“, verwahrt sich Gert, welcher eben den widerspenstigen Flock zu seinen Füssen unterbringt, „du willst doch nicht Franzl als Eifersuchtsgrund anführen“, aber Ines sagt ganz ohne Lachen, das tue sie wohl, denn schliesslich habe sie ältere Rechte – ausserdem werde Franzl verdorben und frech, wenn Gert ihm Zigaretten schenke und ihn auf diese Weise unnötig verwöhne. Bernhard, der die Diskussion ziemlich lächerlich findet, merkt an Ines' Stimme, dass doch etwas Wichtiges vorgehen muss, und er schweigt beklommen und streichelt Flock. Aber inzwischen hat sich Ines schon etwas anderem zugewandt, sie legt Berchen den Arm um die Schulter, rückt ein wenig seitwärts, um ihm Platz zu machen, und nun sind sie ja auch vor der Stadt, die Felder breiten sich aus, am Horizont dehnt sich die dunkle Linie des Waldes, Staub wirbelt, die Kinder am Strassenrand winken und rufen, und der Wind nimmt Berchen beinahe den Atem.

Es ist ziemlich anstrengend, zwischen Gert und Ines zu sitzen, denn Berchen muss ständig die Unterhaltung vermitteln: „Ines“, ruft Gert, „halte Flock fest, er stört mich“, und Ines, die nicht versteht: „Was sagt er, Berchen?“, während Bernhard sich schon über Flock beugt und ihn an seine Knie zieht. Dann beginnt Ines: „Warum bist du gestern nicht gekommen? Dein Professor war da und sagte, er habe dich seit drei Wochen nicht im Kolleg gesehen, es wäre sehr nützlich gewesen, wenn du ihn gesprochen hättest!“ Gert schreit: „Ich verstehe kein Wort“, und Berchen wiederholt: „Es wäre sehr nützlich gewesen ...“ Aber Gert unterbricht ihn schon wieder, nützlich sei samstags ein verbotenes Wort, ausserdem habe er seine Chancen schon zu sehr verdorben.

Sie fahren heute sehr weit, und als sie unter einer grossen Linde Kaffee trinken, sieht Bernhard, dass es schon fünf Uhr ist und dass er seinen Zug verfehlen wird. Gert findet das herrlich. „Du bleibst einfach bei uns“, sagt er, „du darfst wählen, ob du bei Ines oder bei mir schlafen willst, und deinen Eltern telephonieren wir als altes Ehepaar!“

Berchen ist verzweifelt, aber er wagt nicht, es zu sagen, denn Gert würde ihn auslachen. Ines, die sein Gesicht beobachtet, sagt: „Deine Eltern würden sehr böse sein?“

„Ja.“

„Auch wenn ich telephoniere?“

„Ja.“

„So ein Unsinn“, unterbricht Gert, „man muss seine Eltern erziehen!“

Aber Ines bestimmt, dass man in diesem Fall Berchen nach Hause bringen müsse, und sie sagt es so, dass sich dagegen nichts einwenden lässt.

Sie kommen um halb acht Uhr an, nachdem Berchens süsse Mama schon geglaubt hat, er sei unterwegs verlorengegangen, da der Chauffeur ohne ihn von der Station zurückkehrte. Natürlich werden Berchens Freunde zum Abendessen da behalten; Moni, seine kleine Schwester, kommt im Nachthemd in die Halle gelaufen, um sie zu sehen, und ist recht erschrocken, weil es „ein wirklicher Herr und eine wirkliche Dame“ seien, und als Gert sie auf die Knie nimmt, ist sie nahe daran zu weinen. Erst als Flock gebracht wird, kehrt ihr Mut zurück, sie streichelt zuerst zaghaft seine weisse Schnauze, balgt sich aber nach wenigen Minuten mit ihm auf dem Teppich herum, kleine Schreie jauchzender Befriedigung ausstossend. Inzwischen ruft man zum Essen, und Bernhards Vater kommt aus seinem Schreibzimmer. Berchen stellt vor und ist furchtbar verlegen dabei; dann gehen alle in das anstossende Esszimmer, wo zwei grosse silberne Kerzenleuchter auf dem Tisch stehen und zwei frische Servietten die Plätze der Gäste bezeichnen. Für Bernhard ist die Mahlzeit nicht sehr lustig, er sitzt stumm an seinem Platz und antwortet nur manchmal seiner Mutter, die ihm zulächelt. Sein Vater unterhält sich lebhaft mit Gert und Ines, besonders Ines scheint ihm sehr zu gefallen, er macht ein paar Bemerkungen, die zeigen, dass er sie schön findet, und darüber ist ja auch kein Zweifel möglich: Allein schon ihr dunkelblondes Haar, welches in weichen Wellen ihr Gesicht umrahmt, ist der Beachtung wert, auch hat sie kluge, graue Augen, die aufmerksam und freundlich alles beobachten, und einen bezaubernden Mund. Auch ihr Lachen ist bezaubernd, hell und freundlich gewinnend, dabei spricht sie niemals laut, sondern gedämpft und langsam und mit grosser Wärme. Ines kann sich für alles mit gleicher Herzlichkeit interessieren; eben spricht sie mit Bernhards Vater über die Unterschiede von weissem und rotem Wein, genau wie sie mit Gert über Automobile spricht und mit Berchen über Musik. Dabei fällt es ihr nicht ein, zu heucheln oder nachher zu sagen, es sei abscheulich und langweilig gewesen, und das ist es, was Bernhard besonders an ihr schätzt. Sie ist uns allen überlegen, denkt er, während er sie beobachtet, und sie lässt es sich nicht anmerken.

In diesem Augenblick sagt sein Vater: „Siehst du nicht, dass dein Freund nichts mehr zu trinken hat. Du musst lernen, aufmerksamer zu sein!“ Und während Berchen errötend Gerts Glas füllt (er selbst hat nur ein Wasserglas), hat er die unangenehme Empfindung, dass Gert ihn nicht ohne Spott betrachte. Sehr ungeschickt schiebt er ihm das Glas zu und bemerkt dann, dass er einen Weinflecken auf das Tischtuch gemacht hat. Aber seine Mutter lächelt nur ein wenig und stellt den Untersatz der Flasche darüber.

Beim schwarzen Kaffee denkt Bernhard, dass er ebensogut zu Bett gehen könne, niemand würde ihn vermissen. Er ist deswegen verletzt, möchte es aber nicht verraten. Auch ist er ja sehr froh, dass seine Freunde einen so guten Eindruck erwecken – er beschäftigt sich also mit Flock auf dem Fussboden, sagt ihm Kosenamen und holt ihm Brot aus der Küche, das er zur Vorsicht mit etwas Wurst bestrichen hat, denn er hat Angst, dass Flock es sonst verschmähen könnte.

Während er, vor dem Hund kniend, das schmutzigweisse

Fell streichelt, fühlt er plötzlich eine Hand auf seinem Nakken; es ist Ines, die sich zu ihm niederbeugt und ihm sagt, dass sie jetzt fahren müssen. Daran hatte er noch gar nicht gedacht – sie würden also nach Hause fahren und ihn zurücklassen wie einen Fremden! Wenn sie ihm wenigstens Flock lassen würden ...

Als Berchen später in seinem Bett lag, fiel ihm plötzlich ein, dass er seine Schulmappe in der Stadt vergessen hatte und dass er also morgen seine Aufgaben nicht machen konnte. „Quatsch", hatte Gert gesagt. Aber was wusste denn Gert von solchen Dingen! Der fuhr jetzt mit Ines und Flock ... Von plötzlichem Kummer überwältigt, verbarg Berchen sein Gesicht in den Kissen und begann heftig zu weinen.

Bernhard schlendert die Theaterstrasse entlang, es ist erst sieben Uhr, und vor halb acht wird keiner von seinen Kameraden da sein. Sie wollen heute alle in der kleinen Kneipe an der Ecke essen und nachher zu Gert gehen. Es handelt sich um ein Abschiedsfest für Ferdinand, der morgen nach Berlin fährt. Ferdinand ist dreiundzwanzig Jahre alt und möchte Dirigent werden. Er spielt sehr gut Violine, und seine Lehrer am Konservatorium raten ihm, er solle eine Stelle als Geiger annehmen, die ihm hier im Stadttheater angeboten wurde. Aber er, merkwürdig verbissen in eine Art von leidenschaftlichem Ehrgeiz, schlägt die Stelle aus, um die ihn seine Kameraden beneiden würden, und erzwingt es, beinahe ohne Geld nach Berlin zu fahren. Er sagt, dort werde er Furtwängler und Bruno Walter hören, er wolle gern neben dem Studium arbeiten, um Geld zu verdienen. Dabei ist er doch ein ganz schmächtiger Junge, viel zu gross und so mager, dass ihm alle Kragen zu weit sind. Auch ist er gar nicht hübsch, sein sehr bleiches, beinahe ein wenig graues Gesicht hat einen starren Ausdruck, und wenn er den Mund öffnet, sieht er immer aus, als habe er Durst. Seine Augen passen nicht recht dazu, sie sind gross, scheu und traurig. Ines sagt, man könnte ihn lieben um seiner Augen willen.

Ferdinand also wird morgen abreisen, mit seiner Geige und einer alten Handtasche und mit vielen kleinen Paketen, die ihm seine Freunde an die Bahn bringen werden: Pakete mit Kuchen, Taschentüchern, Äpfeln und anderen nützlichen Dingen. Berchen hat eine besondere Überraschung für ihn: eine Photographie von Ines, die er ihr heimlich entwendet hat. Denn auch Ferdinand liebt Ines, das ist sicher!

Berchen sieht auf die Uhr: Nun ist es aber wirklich halb acht, ausserdem hat er Hunger. Entschlossen tritt er in das matt erleuchtete Lokal ein, wo Studenten und dicke Beamte an kleinen Tischen Karten spielen. Er setzt sich an einen Tisch, der den Musikschülern vorbehalten ist, und bestellt mit lauter Stimme Würstchen mit Kraut.

„Nimmt der Herr Bier dazu?" fragt die Kellnerin.

Berchen, etwas verlegen, dankt.

Ferdinand war wohl schon in der Kneipe etwas betrunken gewesen, jetzt sitzt er bei Gert, in einen grossen Stuhl zurückgelehnt, und sieht mit abwesendem Gesichtsausdruck die Zimmerdecke an. Die anderen unterhalten sich geräuschvoll und lustig, Gert, der Hausherr spielt, läuft unaufhörlich mit Zigaretten hin und her und spricht bald zu diesem, bald zu jenem, heiter und freundlich und mit ein wenig

Herablassung. Mädchen sind keine da. Obwohl die Jungen am Konservatorium natürlich auch Freundinnen haben, werden selbst die Kolleginnen zu solchen Festen nicht eingeladen. Es findet hier eine gewisse Annäherung an studentische Bräuche statt, etwas von Biertischtradition und männlichem Selbstbewusstsein ist trotz allen Bemühungen, „modern“ zu erscheinen, zurückgeblieben und dringt an Abenden wie dem heutigen sogar in bedrohlichem Masse durch. Eine Ausnahme macht man natürlich mit Ines. Ines wird immer gebeten zu kommen. Obwohl sie viel strenger und zurückhaltender ist als alle anderen Mädchen, verschmäht sie es nicht, manchmal mitzumachen, und als einzige Frau unter zehn oder fünfzehn Jungen nimmt sie sich noch wundervoller aus als gewöhnlich.

Ferdinand fragt auch heute nach ihr und wiederholt mit böser Beharrlichkeit, man müsse ihr telephonieren. Die anderen sehen erwartungsvoll auf Gert.

„Es ist doch schon elf Uhr, ihr alter Herr wird sie nicht fortlassen, und sie wird finden, wir seien unverschämt“, sagt er unentschlossen und hilflos.

„Lass Bernhard telephonieren.“

„Als ob das besser wäre.“

„Natürlich ist es besser, auf Berchen wird sie nicht böse.“

„Nun gut. Berchen!“

Bernhard hört nicht. Man hat ihn gezwungen, ein halbes Glas Bier zu trinken, es schmeckte säuerlich und sah abstossend aus, aber Gert und Ferdinand hielten ihn fest, und da musste er es tun. Jetzt liegt er schläfrig auf Gerts Bett und denkt gerade daran, dass mindestens vier oder sechs Zeichnungen, welche Gert von ihm gemacht hat, an den Wänden hängen. Wahrscheinlich haben alle sie bemerkt und machen ihre Witze darüber. Bernhard kann nicht verstehen, warum er heute so erbittert ist, er schämt sich, denn die Jungen sind alle sehr nett zu ihm, er aber möchte, dass sie gehen, möglichst rasch, und dass er allein zurückbleibt und auf Gerts Bett schlafen kann. Statt dessen kommen sie lachend von allen Seiten, er sieht sich plötzlich umstellt und ruft ganz laut: „Was wollt ihr denn, was wollt ihr denn bloss?“ Aber die Jungen lachen noch mehr und heben ihn auf, mindestens zehn Arme auf einmal, und tragen ihn durch das ganze Zimmer bis zum Telephontisch. Dort sitzt Gert in einem breiten Ledersessel, er nimmt Berchen auf die Knie und drückt ihm den Hörer in die Hand.

„Hallo“, sagt Berchen noch ganz verstört, „kann ich Fräulein Ines sprechen?“

Jemand antwortet: „Wer ist denn am Apparat?“

„Bernhard“, sagt Berchen und vergisst, dass er noch einen zweiten Namen hat. Dann kommt Ines wirklich und fragt, ob er eigentlich ganz von Sinnen sei.

„Nein“, sagt er, „aber du sollst herkommen. Alle wollen es. Gert und Ferdinand und ...“

„Und was hast du denn dabei zu tun, Berchen?“ Die Stimme klingt jetzt ein wenig freundlicher.

„Ich weiss nicht“, stottert Bernhard, „ich – wir feiern doch Abschied!“

„Ach so, und deshalb seid ihr wohl alle betrunken? Du auch, Berchen?“

„So sprich doch, Mensch!“ Die anderen nehmen ihm den Hörer ab und rufen hinein, alle durcheinander, und merken gar nicht, dass Ines längst nicht mehr am Apparat ist. Sie kann es nicht leiden, wenn die Leute sie auf solche Weise überfallen.

Aber Ferdinand ist jetzt nicht mehr zu halten, er läuft im Zimmer auf und ab, mit seinem schrecklich blassen Gesicht, und hat völlig verzweifelte Augen. „Sie hätte mir doch auf Wiedersehen sagen müssen", sagt er und bleibt vor seinen Freunden stehen. „Findet ihr nicht, sie hätte das tun müssen!" Und er läuft wieder auf und ab, das Gesicht anklagend gegen die Decke gewendet.

Beinahe hätten sie überhört, dass draussen die Hausglokke geläutet hat, dann stürzt aber Ludwig hinunter, und bevor sie sich besonnen haben, steht Ines mitten im Zimmer, gerade vor Ferdinand, der sie verständnislos anstarrt. „Guten Abend, meine Herren", sagt sie. „Guten Abend, Ferdinand. Was fehlt Ihnen denn, Sie sind also wirklich betrunken!"

Ferdinand lächelt plötzlich. Sein starres Gesicht löst sich ganz auf in diesem Lächeln, es ist, als hätte ihn jemand geweckt oder als sei er eben aus schmerzlicher Dunkelheit herausgeführt worden. Er steht ziemlich lange da, ohne sich zu bewegen, und sieht Ines an. Die anderen, ein wenig entfernt, beobachten ihn wie einen Kranken ...

Durch einen unglücklichen Zufall war Bernhards Vater, ohne sich anzumelden, an eben jenem Abschiedsabend für Ferdinand in die Stadt gekommen und war natürlich sehr überrascht, seinen Jungen nicht zu Hause zu finden. Schon längst war er ein wenig misstrauisch gewesen, selbst gegen die günstigen Berichte seiner Mutter. Dass der Junge fleissig war, wollte er nicht bezweifeln. Er hatte gute Zeugnisse, sowohl von der Schule wie von seinen Musiklehrern. Doch missfiel es seinem Vater, dass Bernhard in den wenigsten Familien verkehrte, an welche man ihn empfohlen hatte. Nur bei seinem Schulkameraden Karl schien er ein regelmässiger und beliebter Gast zu sein. Überhaupt war Bernhard sehr beliebt, aber die Leute, bei denen man sich gelegentlich über ihn erkundigte, bedauerten immer, den „reizenden und wohlerzogenen Jungen" so selten zu sehen. Und doch waren es durchaus empfehlenswerte und angenehme Menschen, ehemalige Offiziere mit sehr netten Frauen aus gutem Hause, auch höhere Beamte, deren Kinder in Bernhards Alter standen und mit denen er einen Tanzkurs nehmen sollte. Er hatte sich davor gedrückt mit der Ausrede, er habe abends keine Zeit. Dies war also gelogen.

Bernhards Grossmutter stand für ihn ein und sagte, das sei durchaus nicht gelogen: Berchen arbeite fast täglich bis elf Uhr. Und wenn er abends ausgehe, so sei es meistens, um mit seinen Freunden zu musizieren. Aber merkwürdigerweise verteidigte die alte Dame ihn nicht weiter, sie merkte selbst, dass sie Bernhards Freunde eher schlecht machte, statt etwas zu ihren Gunsten zu sagen, besonders über Gert und Ines, nach denen sich ihr Sohn eingehend erkundigte, sagte sie andeutungsweise, man wisse doch nicht recht, wie weit die beiden zusammengehörten, und sie könne nun einmal die modernen Sitten nicht ganz billigen – immerhin seien es aber sehr nette junge Leute, Bernhards Liebe zu ihnen erscheine begreiflich, da er von ihnen sehr verwöhnt und auf viele Autofahrten mitgenommen werde ... Die Haltung der Grossmutter, welche Bernhard bei seinem Vater natürlich schadete, ist nicht leicht zu erklären: Sie liebte ihren Enkel sehr und war stolz auf seine musikalische Begabung, da sie selbst als junges Mädchen gern Klavier gespielt hatte, und nicht ohne Talent. Aber ohne es sich ganz einzugestehen, machte ihr der Junge Sorgen, er war sehr verschieden von ihren anderen Enkeln, die doch auch sehr tüchtig und originell waren (dieses Wort drückte für sie alles aus, was ihrem geraden Verständnis entging und irgendwelche Nachsicht erforderte). Einige dieser Enkel waren älter als Bernhard, aber sie hatten nie so selbständige Dinge unternommen wie er. Sie passten sich selbstverständlicher dem Leben an. Rolf zum Beispiel, welcher sehr musikalisch war, spielte an allen Familientagen Cello, während Bernhard schon oft versagt hatte. Auch hatte Rolf nie die Idee gehabt, Musiker zu werden, sondern beendete seine Schule und trat dann anstandslos in das Exportgeschäft seines Vaters sein. Bernhard aber wollte absolut Musik studieren und war überhaupt trotz seines sanften Wesens hartnäckig und trotzig in seinen Forderungen. Schlimmer als dies war seine schon besprochene Neigung, sich seine Freunde selbst zu wählen. Das empfand seine Grossmutter, genau wie sein Vater, als eine zu grosse Selbständigkeit, die einem kaum siebzehnjährigen Jungen durchaus nicht zukam; ausserdem war es eine Missachtung aller Verbindungen, die ihm als dem Sohn einer angesehenen Familie offenstanden. Dies war wohl die eigentliche Quelle der Sorgen, die sie sich um Bernhard machte, und damit verband sich auch eine ganz geheime Erbitterung, *sie war im tiefsten Herzen nicht mit ihm einverstanden,* und genauso erging es der ganzen Familie. Da war nicht einer, dem Bernhard persönlich unangenehm gewesen wäre. Sein hübsches Gesicht, sein offenes und sanftes Wesen, seine Art, ein wenig verlegen und doch sehr gewandt zu sprechen, all dies gewann ihm die Sympathien der Menschen. Aber kaum kam die Rede auf ihn, so zeigte sich ein gewisses Misstrauen, ein zögerndes Urteil über seine „zweifellos grossen Fähigkeiten“, und vor allem empfand man ihn beinahe als Fremden, welcher durch irgendwelche nicht sichtbaren Fäden mit anderen Welten zusammenhing und deshalb in einem noch nicht fasslichen Sinn gefährdet und gefährlich war.

Bernhards Eltern spürten dieses Misstrauen, die kaum wahrnehmbare Stimmung gegen ihren Knaben. Es brachte sie auf, zunächst gegen die Verwandten, die sie beschuldigten, Bernhard nicht zu lieben – ein Vorwurf, der ganz unhaltbar war und ihnen als übermässige elterliche Eitelkeit ausgelegt wurde –, dann aber bemerkten sie da und dort in Bernhards Verhalten etwas Auffälliges, Fremdes, welches augenblicklich ihre Sicherheit zerstörte. Besonders Bernhards Mutter, sanft und gewinnend wie er, merkte plötzlich, dass Bernhard ihr entglitt. Sie glaubte ihn so gut zu kennen, sie hatte sich so sehr in seinem Wesen wiedergefunden, dass sie sich nun wie verraten vorkam, und immer bereit, ihn wieder ganz in ihrem Herzen aufzunehmen, empfand sie es bitter und feindlich, dass er, wie sie sich ausdrückte, nicht wiederkommen wollte. Hätte man sie gefragt, in was denn Bernhards „Verrat“ bestand, sie hätte nicht zu antworten gewusst. Aber sie hätte vielleicht geweint ...

Bernhards Vater wusste hingegen genau, was ihm an seinem Sohn nicht passte. Seiner Meinung nach war Bernhard ein kluger und guter Junge, der aber nicht viel Freiheit ertrug, weil er sich zu rasch beeinflussen liess. Man musste ihn also denjenigen Einflüssen entziehen, die ihm nicht guttaten, und ihn wieder strenger beaufsichtigen, um in Zukunft irgendwelche gefährlichen Neigungen zu vermeiden. Das war einfach und klar und leicht durchzuführen. Auch die alte Dame war an jenem Abend mit den Anordnungen ihres Sohnes durchaus einverstanden und zog sich dann zurück, da es mittlerweile zwölf Uhr geworden war und er erklärte, auf Bernhard warten zu wollen.

Bernhard kam erst gegen zwei Uhr nach Hause. Er war so müde gewesen, dass er sich wieder auf Gerts Bett gelegt hatte und dort eingeschlafen war. Ines fand, man könne ihn in diesem Zustand nicht allein auf die Strasse schicken, es würde besser sein, ihn in Gerts Auto zurückzubringen.

Das war sehr hübsch für Bernhard. Nicht nur, dass Ines ihn küsste, um ihn zu wecken. Als er sich dann ein wenig dehnte und mit schläfriger Stimme irgend etwas auf französisch murmelte, beugte sie sich über ihn, nahm ihn an beiden Ohren und küsste ihn lachend noch mindestens dreimal, so dass er sich wie ein Kaninchen vorkam. Gert packte ihn in seinen Mantel und schleppte ihn die Treppe hinunter, und dann sass er, schon wieder halb im Traum, zwischen seinen lieben Freunden Gert und Ines, und hoffte, die Fahrt würde sehr, sehr lange dauern.

Bernhards Vater hörte ein Auto vor dem Haus halten und öffnete die Tür der Wohnung. Unten wurde Licht gemacht, und mehrere Leute traten ein. Er zog sich in den Schatten der Tür zurück, aber so, dass er über das Treppengeländer sehen und beobachten konnte, was unten vorging. Er erkannte die grosse und schlanke Gestalt Gerts, der einen Jungen – fraglos Bernhard – aus einem dicken Mantel wickelte, wie ein Paket. Daneben stand Ines, welche Bernhards eigenen Mantel über dem Arm trug. Nun hob Gert den Jungen auf – wozu recht viel Kraft gehörte –, stellte ihn dann sanft wieder auf den Fussboden und schlug ihn kameradschaftlich auf die Schulter. Bernhard ergriff daraufhin Ines Hände und küsste sie rasch, worauf sie ihm mit der Hand über das Haar strich und ziemlich laut sagte: „Du kannst ihn ja noch hinaufbringen, Gert! Ich warte draussen beim Wagen.“ Dann zu Bernhard: „Gut Nacht, Berchen, sei recht tüchtig morgen in der Schule!“

Bernhard, der sehr schläfrig schien, nahm Gerts Arm, und beide kamen langsam die Treppe hinauf, der Kleine fest an Gerts Schulter gelehnt.

Sein Vater zögerte einen Augenblick, dann zog er sich, bevor die beiden ihn bemerkt hatten, möglichst geräuschlos in sein Zimmer zurück.

Das Gespräch zwischen Bernhard und seinem Vater war nicht sehr erfreulich. Ein Gespräch kann man es eigentlich nicht nennen, denn Bernhard sagte beinahe nichts, und seine Einwände waren so schüchtern, dass sie wie lauter Entschuldigungen klangen.

Dass seine Eltern recht hatten, sah er natürlich ein. Er war nur erstaunt und betroffen, als er hörte, dass er seiner Mutter wirklichen Kummer bereitete. Er sagte, er habe das nicht gewusst, worauf sein Vater ziemlich unvermittelt fragte, ob Ines ihn schon geküsst habe. Bernhard, völlig verwirrt, sagte nein. Er fand es richtig, so zu antworten, denn er war überzeugt, dass sein Vater sich eine ganz falsche Vorstellung von Ines machen würde, wenn er ihm sagte, dass Ines ihn manchmal küsste. Das tat sie ja auch nur, wenn sie ihn los sein wollte, ohne ihn zu kränken. Sein Vater aber wurde sehr zornig – die Frage hatte ihn eine gewisse Überwindung gekostet –, und er fuhr Bernhard an: „Du lügst ja andauernd, schämst du dich denn nicht?"

Bernhard war ratlos und den Tränen nahe. Er hörte zum erstenmal, dass Gert und Ines ein liederliches Leben führten, und dass er, Bernhard, sich wohl hüten sollte, in solchen Kreisen unterzugehen. Die Worte „liederlich" und „untergehen" ärgerten ihn, aber er wagte nicht, etwas zu erwidern. Immerhin konnte er ja nicht leugnen, dass Gert niemals arbeitete, Ines hingegen schien ihm über jeden Tadel erhaben, und er hätte das seinem Vater gern begreiflich gemacht, denn dieser wusste natürlich gar nicht, welche Rolle Ines in ihrem Kreis spielte ... aber bestürzt dachte er daran, dass sein Vater wohl diesen ganzen Kreis verabscheuen würde, obwohl die Jungen alle ordentlich und lieb und sehr fleissig waren ...

Bernhard fuhr wenige Tage später nach Hause, er hatte drei Wochen Ferien, und sein Vater sagte ihm, nachher würde sich einiges ändern. Darunter konnte er sich nicht viel vorstellen, aber er war etwas beängstigt, und obwohl man ihm verboten hatte, mit Gert und Ines zu verkehren, rief er doch Gert nach der Schule an und fragte, ob er ihn besuchen könne.

Dieser Besuch wurde ziemlich seltsam. Als Bernhard läutet, öffnet ihm Gert selbst und bringt ihn in sein Zimmer, das wie gewöhnlich in grosser Unordnung ist. Auf dem Teppich liegt Flock und wedelt demütig. Gert sagt, Ines sei verreist und habe ihm den Hund dagelassen. Dabei sagt er „Hund", als handle es sich um ein fremdes Wesen, während Flock doch das Ansehen eines Freundes geniesst. Als Bernhard hört, Ines sei verreist, ist er so betroffen, dass er sich nach einer Stütze umsieht, Gert muss beinahe lachen, als er es bemerkt. Aber Bernhard hat die Empfindung, dass ein wirkliches Unglück geschehen sei, denn was war die Abreise von Ferdinand, was waren schlecht geschriebene Lateinarbeiten, was war sogar die Auseinandersetzung mit seinem Vater gegen die Tatsache, dass Ines nicht mehr da sein würde: „Wohin ist sie denn gefahren?“ fragt er schliesslich mit ganz erschöpfter Stimme.

„Nach England, zu ihrer Schwester, die ein Kind bekommt. Für drei oder vier Wochen.“

„Kam das so plötzlich?“

„Ja. Sie hat dich übrigens dreimal angerufen, aber man behauptete, du seist nicht da.“

Bernhard ist ganz bleich vor Hilflosigkeit und Zorn. Gert hat einen Brief für ihn, den Ines da gelassen hat. „Liebes Berchen“, schreibt sie, „Du darfst nicht traurig sein, dass ich Dir nicht mehr Lebewohl sagte. Ich weiss nicht, ob es Zufall war, dass ich Dich am Telephon dreimal nicht sprechen konnte, aber mir scheint beinahe, es war Absicht. Falls Du mit irgend etwas Deine Grossmutter oder Deine Eltern erzürnt hast, so gib Dir Mühe, es rasch wieder gutzumachen. Wenn es auch mancherlei gibt, worin sie uns nicht verstehen können, so ist es doch stets an uns nachzugeben: denn, Berchen, wir haben das Leben noch vor uns! Sei darüber fröhlich, hörst Du, und schreibe mir einmal. Deine grosse Freundin Ines.“ Gert, der ihm über die Schulter gesehen hat, fragt ihn, was er denn angestellt habe. „Nichts“, sagt Bernhard, noch immer in seinen Brief starrend. Gert beginnt nachdenklich Bernhards Haar zu streicheln.

„Aber etwas musst du doch getan haben, Berchen. Hör mal, wenn Ines hier wäre, würdest du es ihr sagen? Und da sie nun einmal fort ist, kann ich es nicht erfahren?“

Als Bernhard nicht antwortet, schweigt er auch und fährt fort, sanft über sein Haar zu streichen.

Bernhard senkt plötzlich den Kopf auf die Knie und bricht verzweifelt los: „Man will mir nicht mehr erlauben, euch zu sehen!“

Gert, ganz verwundert, zieht den Jungen an sich und murmelt mit schwachem Lächeln: „Wenn es weiter nichts ist – aber das ist ja vollkommen lächerlich!“

„Morgen muss ich für die Ferien nach Hause fahren.“

„Freu dich doch, Berchen, du hast Ferien nötig!“

„Und ich werde dich nicht mehr sehen! Ich komme vielleicht gar nicht zurück!“

Gert stockt einen Augenblick. „Aber Berchen“, sagt er, „ich kann doch nicht allein hierbleiben. Ines ist schon fort – und wie soll ich denn ohne dich ...“ Er schweigt verwirrt, und nun bemerkt Berchen zu seinem grenzenlosen Erstaunen, dass auch Gert traurig ist, dass sein grosser und lieber Freund Tränen in den Augen hat, weil er ihn verlässt. Und mitten in seinem Kummer ist er von grosser Seligkeit ergriffen und schlingt beinahe schluchzend seine Arme um Gerts Hals.

Bernhard schreibt einen französischen Brief an seinen Lehrer. „Monsieur“, beginnt er, „ich nehme Ihre grosse Güte in Anspruch, um Ihnen sofort und ohne Rückhalt meine Lage mitzuteilen. Als Sie nach Paris fuhren, wusste ich noch nicht, dass ich so bald gezwungen sein würde, einen festen Entschluss für meine Zukunft zu fassen. Jetzt aber stehe ich plötzlich vor der Entscheidung, mir hier eine Stelle irgendwelcher Art zu suchen oder Ihr Anerbieten anzunehmen, nach Paris zu reisen und mein musikalisches Talent auf die Probe zu stellen. Mein Vater ist finanziell in sehr schwieriger Lage und erlaubt mir daher, sofort aus der Schule zu treten. Die Unterstützung, die er mir geben kann, ist sehr gering, und ich werde genötigt sein, in Paris Geld zu verdienen. Aber wenn Ihr Vertrauen so weit geht, dass Sie mich als Ihren Schüler annehmen wollen, so zweifle ich nicht, dass auch alles übrige mir gelingen wird!

Ich bleibe in voller Dankbarkeit
Ihr ergebener Schüler
Bernhard."

Sonst ändert sich nicht viel. Die Eltern bleiben mit Moni in ihrem Haus, nur die Pferde und ein Auto werden abgeschafft und das Land ringsum verkauft. Auch die Dienstboten gehen fort, ausser dem alten Kutscher, der jetzt Hausdiener spielen wird, und Monis Kindermädchen, welche schon Bernhard gepflegt und aufgezogen hat.

Seitdem es entschieden ist, dass Bernhard trotz allem Musik studieren und nach Paris gehen wird, hat sich seine Stellung zu Hause etwas geändert. Man ist weniger streng zu ihm und kümmert sich nicht darum, was er tagsüber tut. Wenn er Klavier übt, stört ihn niemand. Es ist, als messe man seinen Tätigkeiten mehr Ernst und Wichtigkeit bei als bisher.

Bernhard führt lange Gespräche mit Moni. Sie gehen zusammen im Wald spazieren, er hält ihre kleine Hand fest und antwortet auf ihre vielen Fragen. Sie ist sehr verständig und hört ihm mit Aufmerksamkeit zu, dabei neigt sie den Kopf ein wenig auf die Seite, um ihn ansehen zu können.

„Berchen", beginnt sie – und der Name klingt süss, wenn sie ihn mit ihrer kleinen Stimme ausspricht –, „Berchen, wenn du fortgehst, wann kommst du dann wieder?"

„Ich weiss nicht, Moni!"

„Ist es sehr weit?"

„Nicht sehr! Wenn du mir schreibst, bekomme ich deinen Brief am nächsten Abend."

„Ich kann aber nicht schreiben!"

„Du wirst Mama diktieren."

„Schreibst du mir auch?"

„Natürlich, und wenn du willst, schicke ich dir auch etwas zum Spielen."

„Ach ja, Berchen!"

„Wirst du mir dafür einen Kuss geben?"

„Viele! Aber du musst dich setzen, sonst komme ich nicht an deinen Mund. Du hast einen hübschen Mund, finde ich!"

Berchen setzt sich auf einen Baumstumpf und lässt Monis Hand los. Das kleine Mädchen bleibt vor ihm stehen und betrachtet ihn schweigend und ernst. „Findest du mich auch hübsch?"

„Sehr", sagt Bernhard, „ganz besonders hübsch sogar."

Und er findet es wirklich: Moni hat ein sehr kleines Gesicht, die zarte Haut ist von der Sonne gebräunt, und die Augen, gross und hell, wirken wie Lichter oder wie Sterne. Bernhard findet den Vergleich abgeschmackt, aber er weiss nicht, wie er Monis Augen sonst bezeichnen soll ... Ihr leicht gewelltes Haar ist sehr blond und nicht besonders dicht, aber von seidener Glätte. Das Süsseste sind aber ihre kleinen

Hände, die nicht stumpf und rund sind wie gewöhnliche Kinderhände, sondern gebräunt und fest, mit wohlausgebildeten Fingern und einer zart gezeichneten Ader auf dem Handrücken. Nichts ist so rührend wie diese kleine, bläulich schimmernde Ader.

„Moni", sagt Bernhard, „und der Kuss?"

Moni lacht unvermittelt und laut. „Ich dachte, du hast es vergessen!" Sie wirft sich in seine Arme und küsst ihn rasch und ohne Vorsicht auf die Stirne, auf die Nasenwurzel, auf die Wangen, mit ihren weichen Kinderlippen, die nach Milch und Frühstücksbrötchen schmecken.

Bernhard ist siebzehn Jahre alt und zum erstenmal allein in Paris. Er trägt einen braunen Knabenanzug und ein weisses Hemd. Die Dame, bei der er wohnen soll, sagte ihm als erstes, er solle sich bunte Hemden anschaffen, sonst müsse er jeden Tag wechseln, und das würde ihn viel zu teuer zu stehen kommen. Berchen hat darauf, sehr beschämt, festgestellt, dass er wirklich schon schwarze Ränder an den Manschetten hat, und er wird sich fortan an seine blauen Sporthemden halten. Im übrigen war die Dame sehr nett; sie trug ein einfaches schwarzes Kleid und sah aus, als müsse sie eine Menge Kinder haben, was aber nicht der Fall zu sein scheint, so dass Berchen im voraus darauf spekuliert, dass sie ihre mütterlichen Gefühle ihm zuwenden wird.

Er hat seine beiden Handtaschen ausgepackt – ordentlich und systematisch, wie das seine Art ist: Monis Bild wurde neben sein Bett gestellt, die Porträts seiner Eltern auf die etwas erhöhte Kommode, wo ausserdem Haarbürste, Noten und Photoapparat ihren Platz erhielten – und endlich war da noch eine Photographie von Gert und Ines, die sich über Flock beugen und mit lachenden Gesichtern seine Liebkosungen abwehren. Dieses Bild in silbernem Rahmen stellte Berchen auf den Schreibtisch. Eigentlich wäre ihm ja ein Klavier nützlicher als der Schreibtisch, aber seine Wirtin hat ihm gesagt, dass er nicht weit von hier, links die Strasse aufwärts, in einem Musikgeschäft üben könne. Das hat ihn beruhigt, und er beschliesst, gleich nachher hinzugehen. Jetzt aber will er essen, es ist gleich zwei Uhr, und er hat heute nicht einmal gefrühstückt.

Während Bernhard auf sein Essen wartet, studiert er einen Plan von Paris, den ihm seine Mama mitgegeben hat. Er orientiert sich über seine Lage – Nähe Odéon, Gelegenheit, im Luxembourg spazierenzugehen, ausserdem Montparnasse ohne Schwierigkeit erreichbar, die Rive droite dagegen ein ganz entfernter Stadtteil, und zu seinem Lehrer vollends, der irgendwo in Passy wohnt, würde er sicherlich eine Stunde brauchen. Bernhard hasst es, grosse Entfernungen zurückzulegen, und die Aussicht, mit einer schweren Notenmappe unter dem Arm Trambahn, Omnibus und Metro fahren und endlich noch ein Stück zu Fuss gehen zu müssen, ermutigt ihn nicht sehr. Er besieht sorgenvoll seine grossen, hellen Knabenhände, sie werden kalt und geschwollen werden und natürlich auch völlig steif von der Mappe.

Aber nachdem Bernhard den Weg wirklich zurückgelegt hat und in Passy das Haus seines Lehrers betritt, wird alles anders und viel schöner, als er es erwartet hat. Er wird von einem freundlich aussehenden Mädchen durch einen kleinen Vorplatz geführt, ein dicker Teppich dämpft seine Schritte, durch eine lautlos sich öffnende Tür gelangt er in das Musikzimmer, wo viele Bilder mit Unterschriften an den Wänden hängen, durch ein grosses Fenster dringt das Licht des späten Nachmittags, ein geöffneter Flügel, mit Noten bedeckt, beherrscht breit den Raum.

Bernhard bleibt zögernd neben dem Flügel stehen; seine linke Hand liegt auf den Tasten, und er bemerkt, dass sie ein wenig zittert. Er ist erst zwei Tage allein gewesen, und davon einen während der Reise, aber die ungewohnte Einsamkeit hat ihn doch bedrückt, er kam sich seltsam losgelöst und unsicher vor, und in den Strassen, die von Menschen wimmelten – Menschen, welche ihn alle nichts angingen –, lief er wie ein Blinder von Schaufenster zu Schaufenster, planlos und ohne etwas zu sehen. Überall taten sich neue Strassen auf, Bernhard wählte irgendeine, seine Füsse taten ihm weh, und er hatte kein Ziel. Bei seiner Grossmutter wurde er zu bestimmter Zeit zum Essen erwartet, hier kümmerte sich niemand darum, der Tag hatte kein Mass, und ebenso war die Nacht: nicht vom Tag getrennt, sinnlos, ohne Anfang, ohne Ende. Bernhard wachte häufig auf, einmal erhob er sich, um Wasser zu trinken. Dann träumte er, und als er wieder erwachte, brach ein fahles Licht durch die Ritzen der Läden. Es hätte ebensogut sehr früh sein können.

Zu Hause war solches Licht das Zeichen des ersten Tages, Anbruch erst, Dämmerung, von Nebeln verhüllt; hier aber war es neun Uhr vorüber. Bernhard wollte sofort aus dem Bett fahren, doch erinnerte er sich dann, dass es ja ganz gleichgültig war, ob er aufstand oder nicht. Er klingelte und bat um sein Frühstück. Man brachte ihm lauwarmen Kaffee ohne Milch und ein längliches Brötchen, wovon er nicht satt wurde. Er schob das Tablett weg, legte sich auf den Rücken und sah die graue Zimmerdecke an. Nie hatte er Grau so gehasst wie in diesem Augenblick, es war schmutzig und freudlos, es füllte ihn mit Entmutigung, mit Abscheu, mit Misstrauen gegen sich selbst und den Tag, welchen er beginnen sollte.

Den ganzen Morgen war Bernhard von dem Grau seiner Zimmerdecke verfolgt, Himmel, Häuser und Strassen waren gleichermassen hineingetaucht, und in der Untergrundbahn, welche ihn nach Passy brachte, war es ihm, als hätte sich nun endgültig ein graues Tuch vor seine Augen gelegt; er fühlte sich dumpf und qualvoll unfähig.

Daher also Berchens Erregung, als er, am Flügel stehend, auf seinen Lehrer wartet. Denn jetzt wird er gleich nicht mehr allein sein, er wird angesprochen werden von einer bekannten und freundlichen Stimme, er wird einen Menschen sehen, der auch Gert kennt (denn Gert hat ihn mehrmals nach der Stunde abgeholt), und nun wird Berchen von einem ganz unerwarteten Heimweh nach seinem Freund befallen, seine Festigkeit schwindet, er fühlt, dass er ganz nahe daran ist zu weinen.

Sein Lehrer, der aus dem Nebenzimmer eingetreten ist, reicht dem vor Erregung Zitternden die Hand. „Voilà donc le petit courageux", sagt er laut und mit herzlicher Stimme und zieht Berchen in das Licht des Fenster. „Wie geht es denn, sind Sie gut gereist, gut untergebracht, bereit, fleissig zu arbeiten?"

Bernhard, unfähig, auf so viele Fragen zu antworten, zumal auf französisch, nickt hilflos und kämpft gegen seine Verlegenheit. „Ich habe ziemlich viel geübt", sagt er dann und setzt sich ohne Aufforderung an den Flügel. Er ist darüber selbst überrascht und reibt heftig seine Finger.

Der Lehrer nickt ihm freundlich zu: „Spielen Sie nur", sagt er, „lassen Sie sich nicht stören, ich rufe einen Freund herein, der Freude haben wird, Sie zu hören!"

Bernhard kommt kaum zum Bewusstsein, er spielt schon, leise probierend, die Fuge von Bach, die er seit Monaten nicht geübt hat; Erregung packt ihn, er hebt einen Augenblick die Augen und sieht einen Fremden, der sich auf den Deckel des Flügels stützt und ihn aufmerksam betrachtet. Bernhard fühlt etwas Seltsames in diesem Blick, etwas sehr Tiefes, das aus grosser Trauer zu kommen scheint, er nimmt auch wahr, dass das Gesicht des Fremden auffallend blass ist, oder vielleicht liegt das an der fahlen Beleuchtung – Bernhard senkt die Augen sehr rasch wieder auf die Tasten, und wie in einen Traum versinkend, unbegreiflich und auf berauschende Weise gefangen, beginnt er sein Spiel ...

Géralds Wohnung hat, wie er selbst, zwei Seelen. Sie widersprechen sich nicht eigentlich, sie stören sich nicht und kommen sich nicht entgegen, sie sind so verschieden, dass sie gar nichts miteinander zu tun haben können, ausser dass sie eben demselben Mann angehören und sich daher in seiner Umgebung gleichzeitig ausdrücken müssen. Man kann nicht genau sagen, welches die wahre Seele Géralds ist, und man weiss auch nicht, warum er sich weder für die eine noch für die andere ganz entschliessen konnte. Jetzt ist es wohl zu spät – Gérald ist etwa fünfundvierzig Jahre alt –, aber dass ein junger und selbständiger Mensch, der er doch fraglos einmal gewesen sein muss, diese doppelte Rolle übernahm, das war schlechthin unbegreiflich! Vielleicht war er zu schwach, man sagt auch, dass er aus einer seltsamen Blutmischung stamme: Seine Mutter war die Tochter eines jüdischen Gelehrten, sein Vater hingegen gehörte einer nordfranzösischen Bauernfamilie an, die, abgesehen von einigen Pastoren, nur schwere, traditionsgebundene Hofbesitzer hervorgebracht hatte. Gérald liebte es, sich auf seine Vorfahren zu berufen, und seinen ungeheuren psychologischen Instinkt führte er nicht mit Unrecht auf seinen Grossvater zurück, der Pastor war, zwar nicht gelehrt, aber ein grosser Redner und ein noch grösserer Kenner der menschlichen Seele. Sein Vater hingegen interessierte sich nicht für Menschen, er war starr und scheu und wollte nichts anderes, als auf den Erbhof zurückkehren und eine Bäuerin heiraten. Der Hof aber gehörte seinem Vetter, und er selbst bekam nicht eine Bäuerin, sondern die zarte und gelehrte Tochter des Professors Rosendahl, die eine ganz weisse Haut und lange, stets sehr blasse Hände hatte. Géralds Vater, der nach Paris geschickt worden war, um juristische Studien zu treiben (welche er niemals beendete), war durch einen Freund bei Professor Rosendahl eingeführt worden. Er war einsam und hart und verliebte sich zu seiner eigenen Empörung in die Tochter des Hauses. Sie war ihm fremd und unheimlich in ihrer Schönheit, und er wünschte, sie zu hassen. Auch kränkte es ihn, dass er von ihr wie ein wildes Tier betrachtet wurde; sie sprach selten zu ihm, und dann immer zurückhaltend und von ganz kindlichen Dingen, obwohl sie doch sehr gelehrt war und obwohl sie wusste, dass er studierte. Endlich merkte er, dass auch sie in ihn verliebt war; er forderte sie auf, zu ihm zu kommen, und vergewaltigte sie. Nachher heirateten sie, und Gérald wurde geboren. Er hätte seiner Mutter beinahe das Leben gekostet und schien ein ebensolcher Riese zu werden wie sein Vater, aber als er fünf Jahre alt war, wurde er krank, und später blieb er eher klein. Seine Mutter starb, bevor er erwachsen war. Sein Vater, der sich an die Stadt nicht gewöhnen konnte, liess ihn zur Ausbildung in Paris und kehrte auf den Hof zurück, den sein kinderloser Vetter ihm vermacht hatte.

Seither also war Gérald sich selbst überlassen. Er studierte Medizin, arbeitete einige Jahre als Assistent in den Spitälern von Paris, bildete sich zum Chirurgen aus und wurde, fast ohne es zu bemerken, ein berühmter Mann. Was die beiden Seelen betrifft, von denen wir anfangs sprachen, so hängt das mit einigen anderen Begabungen zusammen, die er besitzt: denn als Chirurg kann er sein merkwürdiges psychologisches Talent nicht besonders ausnützen, obwohl er sehr viele Menschen kennenlernt und Gelegenheit hat, sie zu beobachten. Gérald ist nicht neugierig. Er hat eine merkwürdige Art, sich um Leute zu bekümmern, die sein Interesse erregen. Er fragt ihrem Leben nicht nach, es scheint ihm gleichgültig zu sein, was sie getan haben und was über sie gesagt wird. Aber er richtet es ein, sie zu sehen, sie in Ruhe zu betrachten, mit ihnen zu sprechen, den Ausdruck ihrer Freude oder ihres Kummers zu beobachten. Die Bewegungen ihrer Hände, ihre Haltung, ihre Art zu gehen, sich zu setzen oder sich eine Zigarette anzuzünden sind ihm unendlich aufschlussreich. Er behauptete einmal, alles könne täuschen, nicht aber das Äussere eines Menschen, und dies erklärt uns zugleich die eigentliche Triebfeder seines Interesses: Er möchte nicht getäuscht werden, *er sehnt sich nach Wahrheit.* Ihn quält die Relativität aller Dinge: Er hat einen Menschen schätzen gelernt und erfährt von anderen, dass er sich geirrt hat, oder er gibt ihm Wert, wie man einem Kunstwerk Wert gibt, und man belehrt ihn, dass seine Schätzung falsch war. Das allein wäre noch nicht beunruhigend, wenn es sich aus der Unfähigkeit Géralds erklären liesse, Wert und Unwert zu unterscheiden. Aber Gérald fühlt genau, dass er im Gegenteil diese Fähigkeit besitzt, das hat mit Einbildung oder Selbstsicherheit nichts zu tun, es ist eine Kraft, ein Talent, ein untrügerisch Vorhandenes, das zu ihm gehört wie sein Sehvermögen. Er tastet gewissermassen nach Worten, die Qualität der Dinge drängt sich ihm auf, und er weiss, dass es hierin nicht mehrere Gesetze gibt. Es geht zum Beispiel nicht an, Menschen nach dem Massstab der Moral zu messen, Kunstwerke aber nach dem der Schönheit. Denn Moral ist nicht absolut, und Schönheit ist eine Frage des Geschmacks. Die unwandelbare Schönheit aber – denn so könnte man vielleicht Géralds „Gesetz" bezeichnen – beschränkt sich nicht auf die Kunst, sondern ist das Geheimnis aller beseelten und unbeseelten Dinge, von denen er sich angezogen fühlt.

Wir sehen, dass man Gérald nicht einfach in die Klasse jener Menschen einordnen kann, die im gewöhnlichen Sinn zwei Seelen besitzen, eine Berufsseele und ein private, eine offizielle und eine verborgene, eine für den Tag und eine nächtliche. Diese Unterscheidungen sind in seinem Falle unbrauchbar, er ist nicht „gespalten", ich sagte ja schon, dass sich seine beiden Seelen nicht widersprechen. Aber in ihm ist eine Art von geheimer Besessenheit, die ihn treibt, die „Wahrheit" zu erfahren, zu entdecken, was „wirklicher Wert" ist, was in unserer schwankenden und leidvollen Welt absolut, sicher, unumstösslich ist und was darin göttliche

Berechtigung besitzt. Gérald ist also ein Gottsucher, wenn wir konsequent sein wollen. Sein gewöhnliches Leben, sein Beruf und seine Beschäftigungen gehören tatsächlich einem anderen Menschen als demjenigen, der, das Antlitz des Knaben Bernhard betrachtend, plötzlich wie von einer leisen Hand berührt wird ...

„Es würde sich lohnen“, sagt er zu seinem Freund, dem Klavierspieler. Dieser, sehr zufrieden mit Bernhards Spiel, meint seinerseits, dass der Junge ein guter Pianist werden würde, seine Begabung sei in gewisser Hinsicht sogar ausserordentlich. Gérald, der immer noch das hellbraune Knabengesicht mit den schwermütigen Augen ansieht, wiederholt: „Es würde sich lohnen, sich um ihn zu kümmern. Dieses Kind muss eine sehr eigenartige Seele haben!“ Er weiss noch nicht, was ihn an Bernhard interessiert, aber ist es nicht schon sehr auffallend, dass ein so junger Mensch Bach spielt, ohne dass es unerträglich wird? Hier herrscht eine beinahe vollkommene Harmonie zwischen Ausdruck und Spiel. Gérald betrachtet nachdenklich den schmalen, nach vorn gebeugten Oberkörper mit den etwas geneigten Schultern und das Gesicht voller Ernst und Hingabe. Die dunkelblonden Haare fallen leicht gewellt in die Stirn, die Augen, grau und ein wenig schwermütig, sehen auf die Tasten, nur manchmal hebt sich der Blick und geht über Gérald hinweg. Die Hände sind gross und hell, schöne, warme und kräftige Knabenhände ...

Gérald spricht nachher mit Bernhard, er sagt ihm etwas über sein Spiel und über sein Talent, er ist erstaunt, dass Bernhard verlegen und unsicher ist. Vergebens bemüht er sich, ihm darüber hinwegzuhelfen, und hier stellt er eine gewisse Dissonanz fest: Er hätte Bernhard, nachdem er ihn spielen sah, für reifer und überlegener gehalten. Er beurteilt ihn hierin zweifellos falsch, denn er kennt nur französische Knaben, die durch Erziehung und frühe Gewohnheit unvergleichlich viel sprachgewandter sind; auch ist Bernhard gehindert, weil er sich auf französisch noch nicht fliessend ausdrücken kann.

Schliesslich wird er von Gérald aufgefordert, sich an ihn zu wenden, wenn er irgendwelche Auskunft oder Hilfe nötig habe, aber auch ohne das solle er ihn recht bald besuchen. Bernhard dankt und erbittet sich eine Karte mit Adresse und Telephonnummer. Gérald hofft aufrichtig, den Knaben bald zu sehen, in den nächsten Tagen vielleicht. Er täuscht sich aber, Bernhard wird erst mehrere Wochen später zu ihm kommen, nachdem sich in seinem Leben mancherlei verändert hat.

Ich bleibe daher die Beschreibung von Géralds Wohnung noch schuldig, die ich mir vorgenommen hatte. Es wird besser sein, davon im Zusammenhang mit Bernhard zu sprechen, dann nämlich, wenn er sie zum erstenmal betritt.

Sie brauchen alle Geld, diese fremden Mädchen und die jungen Männer ohne Beruf, sie haben Talent und sind sehr zuversichtlich am Anfang, aber bald wissen sie nicht mehr, wovon sie leben sollen. Sie haben kein Glück, und wenn es zu lange dauert, so wird die Notwendigkeit, Geld zu beschaffen, der einzige und beherrschende Trieb ihres Daseins.

Das ist ja nichts Besonderes, aber es ist immerhin nicht erfreulich, wenn sich der sogenannte Selbsterhaltungstrieb so ungebrochen, so grob und deutlich durchsetzt: Er ist ganz nackt vorhanden, während sonst tausend Schichten verhüllend darum gelegt werden, und seine Nacktheit und Unverhülltheit bewirkt bald eine gewisse Verrohung der Umgangsformen. Bernhard erinnert sich an seine Schulzeit und an die Jungen vom Konservatorium; auch Ferdinand hatte am Ende des Monats kein Geld, so dass man ihm borgen musste, damit er seine Würstchen mit Kraut bezahlen konnte. Aber irgendwo fanden sich doch immer Eltern, Tanten, Vormunde, irgendwo war doch ein Rückhalt, eine Sicherheit vorhanden. In Paris hingegen lernt er Leute kennen, die einfach „niemanden haben". Diese Wendung gebrauchte ein junger Russe, der mit ihm zu Mittag ass und ihn bat, für ihn zu bezahlen, weil er gänzlich mittellos war. Bernhard fragte ihn, ob er sich nicht, bis er Gelegenheit finde zu verdienen, an irgendeinen Bekannten wenden könne. Und der Junge antwortete: „Je n'ai tout simplement personne." Das klang, obwohl gleichgültig und leise gesprochen, so verzweifelt, dass Bernhard sich stets wieder daran erinnerte.

Bei Madame Dubois, Bernhards Wirtin, wohnt der Schüler Charles, welcher sein Bachot vorbereiten soll. Er ist ein ziemlich hässlicher Junge, neunzehn Jahre alt, und ist letztes Jahr durch die zweite Hälfte des Examens gefallen. Sein Vater wohnt in einer kleinen Provinzstadt und schreibt ihm jeden Monat einen Brief. Das Geld schickt er an Madame Dubois, die es Charles in vier Raten am Anfang jeder Woche aushändigt. Sie tut das mit grosser Gewissenhaftigkeit und gibt ihm selten einen Vorschuss. Auch sorgt sie dafür, dass seine Kleider in Ordnung sind, und flickt seine Wäsche, obwohl sie dazu nicht verpflichtet ist. Auch Charles hat Anteil an ihren mütterlichen Gefühlen, bevor Bernhard kam, besass er sie sogar ausschliesslich. Aber der junge Deutsche mit dem hübschen dunkelblonden Haar hat Charles etwas aus Madame Dubois' gutem Herzen verdrängt. Manches spricht für ihn, nicht nur ist sein Zimmer immer in guter Ordnung, er hat auch eine besonders freundliche Art, guten Morgen zu wünschen und sich nach Madames Befinden zu erkundigen. Während Charles nie bemerkt, wenn sie ihm seinen Anzug aufgebügelt hat oder es jedenfalls mit Schweigen übergeht, vergisst Bernhard niemals, für jeden Dienst zu danken, der ihm erwiesen wird. Charles hat auch sehr viele schlechte Angewohnheiten, die es Madame Dubois schwer machen, ihm ihre Zuneigung zu bewahren. Er kommt jeden Abend spät nach Hause und macht grossen Lärm, wenn er die Wohnungstür öffnet. Auch vergisst er meistens, das Licht im Gang auszudrehen, in seinem Zimmer raucht er die halbe Nacht, wirft Zigarettenstummel rücksichtslos auf den Fussboden und bringt Esswaren nach Hause, die er dann tagelang in Fettpapier gewickelt auf dem Waschtisch liegen lässt. All dies sind die Gewohnheiten eines schlecht erzogenen Studenten, die man in Kauf nehmen muss; beunruhigend ist aber die Tatsache, dass Charles im Grunde genommen ein durchaus gut erzogener junger Mensch ist und dass seine Rücksichtslosigkeit in Zusammenhang zu stehen scheint mit einer inneren Verwahrlosung und Zerrüttung, die vielleicht die Folge eines schmerzvollen Erlebnisses sein könnte. Madame Dubois wird durch solche Beobachtungen weich gestimmt und hat beinahe ein schlechtes Gewissen, weil sie den hübschen und zweifellos vom Glück begünstigten Bernhard mit mehr Zärtlichkeit liebt als den bleichen und unordentlichen Schüler Charles.

Eines Morgens treffen sich die beiden Pensionäre auf der Treppe. Charles bleibt stehen und redet Bernhard an: „Ich würde gern einmal mit Ihnen sprechen." Bernhard sagt höflich „mit Vergnügen" und folgt Charles in sein Zimmer, das dem seinigen gegenüber liegt. Während Charles das Fenster schliesst und einen Stuhl herbeiholt, wirft Bernhard einen Blick auf den Tisch und auf die Bücher, die überall umherliegen. Es sind grösstenteils Schulbücher, „Cours supérieur" steht darauf, oder „Répétition de l'histoire du Moyen Âge". Die Bücher passen nicht zu Charles ...

Die beiden Knaben sitzen sich gegenüber, ihre Hände liegen auf der Tischplatte, und der Schein der Lampe fällt darauf.

Charles sieht unruhig aus, er hat so hungrige Augen, und wenn er spricht, atmet er heftig und stossweise. Seine Art, sich auszudrücken, wirkt furchtbar ermüdend; es ist, als suche er nach den Worten, als ringe er mühselig um Klarheit und Verständlichkeit. Bernhard, der ihn zum erstenmal sprechen hört, fühlt sich beunruhigt. Er weiss nicht, was Charles von ihm will, und unvermittelt denkt er, dass sein Schulkamerad Karl, der mit ihm Lateinaufgaben machte, denselben Namen trug wie dieser bleiche, fiebrige und unheimliche Mensch.

Was aber will Charles von ihm? Er ist – das weiss Bernhard nicht – am Rand seiner Kräfte. Dieser Ausdruck ist nicht etwa übertrieben: Es gibt Augenblicke in Charles' Leben, die zweifellos gefährlich sind, es handelt sich um plötzlich auftretende Krisen seiner Widerstandskraft, sie bereiten sich langsam vor, er merkt nichts davon, aber unerwartet wird er von ihnen überrascht, heimtückisch angefallen, und ist ihnen ohne Hilfe ausgeliefert.

Natürlich ist er selbst schuld daran: Er führt ein unvernünftiges Leben, er schont sich nicht, schreckt vor nichts zurück, nimmt keine Rücksicht auf seinen Körper, der nicht besonders stark ist. Und es handelt sich nicht nur um seinen Körper, denn auch seine Seele leidet unter der Masslosigkeit seiner Anforderungen. Charles sieht eher roh aus und beinahe skrupellos, aber das verhindert nicht, dass er ein empfindlicher Junge ist und von Leidenschaften besessen. Er treibt alles ohne Grenzen, und er wirft sich in jedes Abenteuer mit gefährlicher und unverständiger Intensität. Wenn man ihn fragen wollte, warum er dies tue – da er doch Verstand besitzt und sich sagen müsste, dass die Art seines Lebens sinnlos ist –, so würde er vermutlich zur Antwort geben, dass er sich hasse.

„Je me déteste“ ist eine seiner häufigen Redensarten. Man nimmt sie nicht ernst, aber sie wären wohl zu manchen Aufschlüssen über sein selbstzerstörerisches Wesen geeignet.

Bernhard, der von all dem noch nichts weiss, bemüht sich, sein Erstaunen und seine Ungeduld zu verbergen. Er hat keine Zeit, seine Übstunde ist schon zur Hälfte vorüber, und dieser Fremde scheint ihn auf ganz unbegründete Weise in sein Vertrauen ziehen zu wollen. Aber Charles, obwohl es ihm nicht entgeht, dass der andere ungeduldig ist, hört nicht auf zu sprechen, er möchte ihm begreiflich machen, dass er ihn jetzt nicht entbehren kann, dass er einen Freund braucht oder wenigstens einen Zuhörer. „Denn“, sagt er, „Sie werden schon sehen, dass ich nicht gelogen habe, ich will nichts anderes, als sehr aufrichtig sein, obschon es ja in diesem Augenblick nicht angenehm ist, nicht wahr?“ Er will damit sagen, es sei nicht angenehm, das Vertrauen in einem Moment gänzlicher Schwäche zu eröffnen. Er beginnt also gewissermassen mit einer Niederlage, er hat keine Möglichkeit, sich Bernhard in einer günstigen Rolle zu zeigen. Aber er hat gestern ein sehr unangenehmes Erlebnis gehabt, welches ihn niedergeworfen hat. Er möchte dieses Erlebnis lieber für sich behalten, da es eine Vorgeschichte hat, die zu lang ist, um erzählt zu werden. Ausserdem sind so viele Leute beteiligt, die Bernhard nicht kennt, so dass er vielleicht nicht ganz verstehen wird.

Aber schliesslich beginnt Charles dennoch zu erzählen, er kann es nicht verhindern. Dies sagt er beinahe entschuldigend, und Bernhard lächelt ihm zum erstenmal mit unverhohlener Freundlichkeit zu. Er sieht jetzt ein, dass Charles einen Kummer hat und dass er verpflichtet ist, ihm zuzuhören, weil ihm das vielleicht Erleichterung bringen kann. „Um was handelt es sich denn?“ fragt er teilnahmsvoll und neigt sich ein wenig vor, um aufmerksame Bereitschaft zu zeigen. Charles, welcher mit einer geradezu leidenschaftlichen Gespanntheit an Bernhards Zügen hängt, beugt sich ganz weit über den Tisch, so dass ihre Gesichter sich beinahe berühren.

„Sie werden mein Freund sein“, flüstert er, „oh, ich fühle, dass Sie mein Freund sein wollen, nicht wahr?“

Bernhard, ein wenig bedrängt und dennoch berührt von der leidenschaftlichen Gewalt dieses fremden Willens, der sich seiner zu bemächtigen droht, sagt ebenso leise und ohne den anderen anzusehen: „Mais oui – soyez tranquille, je vous en prie, soyez tranquille!“

Charles richtet sich auf, nur seine Hände bleiben auf der erleuchteten Tischplatte liegen, gelb, mager und mit hässlichen Fingernägeln. „Oh“, sagt er mit plötzlich gleichgültiger Stimme, „glauben Sie nicht, dass ich Ihnen etwas sehr Dramatisches erzählen werde! Ich habe Sie erschreckt, nicht wahr? Verzeihen Sie, aber ich kann mich manchmal nicht beherrschen, ich bin nicht gut erzogen, nicht so gut wie Sie! Auch gestern war meine schlechte Erziehung schuld, sonst hätte alles vermieden werden können. Sie müssen wissen, dass ich ein leidenschaftlicher Raucher bin; es ist kein besonderes Laster, nicht wahr, aber ich habe es mir angewöhnt, als ich für die Examen arbeitete, und nun kann ich es nicht mehr lassen. Es ist hinderlich, weil es viel Geld kostet, auch fühle ich mich unglücklich, wenn ich gezwungen bin, einen ganzen Abend nicht zu rauchen. Unglücklich ist vielleicht nicht der richtige Ausdruck, ich bin vielmehr unruhig, ich suche etwas, ich habe einen widerwärtigen Geschmack im Mund, und ich antworte allen Leuten auf unfreundliche Weise. So war es gestern, wir sassen bei unserem Freund Robert, und er hatte keine Zigaretten. Auch waren zwei Mädchen da, die singen und behaupten, sie können Rauch nicht vertragen. Ich durfte also keine Zigaretten kaufen gehen, obwohl ich Geld hatte. (Ich hatte zufällig Geld bekommen von einem Kameraden, der es mir seit langer Zeit schuldete.) Dass die Mädchen keinen Rauch vertragen, ist natürlich Unsinn: Ich sah sie jeden Abend in der Bibi-Bar, und sie tranken sehr viel und sassen im dicksten Qualm. Wer kann übrigens beweisen, dass sie Sängerinnen sind, ich bin überzeugt, sie sind nichts anderes als gewöhnliche Bargirls ohne Erfolg. Denn wenn sie Erfolg hätten, würden sie es nicht nötig finden, sich für etwas anderes auszugeben!“

Charles redet sich schon wieder in Wut. Er scheint von Hass und Verachtung ganz verzehrt zu sein, und Bernhard wundert sich darüber, denn schliesslich sind doch die fehlenden Zigaretten eine solche Aufregung nicht wert und ebensowenig die Barmädchen, welche Sängerinnen sind oder umgekehrt.

Charles, der Bernhard immer noch scharf beobachtet, sagt heftig: „Sie brauchen sich gar nicht zu wundern. Sie wissen ja nicht, wie ärgerlich es ist, den ganzen Abend zwei langweilig bemalte Mädchen um sich zu sehen, ihre dummen Stimmen zu hören und ihretwegen am Rauchen verhindert zu sein! Sie können sich gar nicht denken, wie dumm und unerträglich die Stimmen dieser Mädchen sind! Ich wurde ganz rasend, und ich hatte grosse Mühe, mich zu beherrschen. Natürlich wollte ich fortgehen (hätte ich es doch getan!), aber ich war einfach zu müde. Sie müssen das begreifen, ich bin den ganzen Tag in der Schule, und abends bin ich wie ein ausgedrückter Schwamm."

„Warum gehen Sie denn nicht schlafen?"

„Ich muss bei Robert sein. Sie verstehen das nicht, aber es ist für mich von grosser Bedeutung. Robert ist ein sehr eigentümlicher Mensch, und wenn man zu seinen Freunden gehört, kann man nicht anders, als jeden Abend hinzugehen! Man trifft dort die anderen, und man kann vielleicht seinen Weg machen --- Für mich ist das jetzt vorbei, natürlich. Denn ich werde nicht mehr hingehen. Können Sie begreifen, dass diese kleine rumänische Katze Einfluss hat auf Gérald? Aber Sie kennen Gérald nicht."

Bernhard denkt angestrengt nach. Er hat den Namen

Gérald schon gehört. Er traf einen Mann, der so hiess, bei seinem Lehrer. Er wurde von ihm aufgefordert, ihn zu besuchen. Er hat seine Karte, mit Adresse und Telephonnummer. Dieser Gérald war Arzt, ein berühmter Chirurg. Um ihn kann es sich wohl nicht handeln.

Charles spricht weiter. „Sie werden, wenn Sie wollen und wenn Sie mein Freund sind, Gérald kennenlernen. Wir sind alle sehr abhängig von ihm, mehr als von Robert und von allen anderen. Nicht äusserlich, natürlich nicht. Gérald ist ja ein Fremder bei uns, aber er ist ein eigentümlicher Mensch – ich sagte das auch von Robert, nicht wahr, und Sie wissen nicht, was Sie darunter verstehen sollen. Aber ich sprach etwas voreilig. Robert an sich ist sehr wenig, aber er besitzt Géralds Freundschaft, und das ist ausschlaggebend. Gérald kommt abends häufig zu ihm, das ist der Grund, warum wir ebenfalls zu ihm gehen. Robert ist ein freundlicher Mann, der immer gut zu uns ist, aber er leidet sehr, weil er schwach ist. Jetzt zum Beispiel ist er in Mica verliebt, in jene kleine Rumänin, von der ich schon gesprochen habe. Sie ist süss und zart, aber eine niederträchtige Katze. Das ist ja nicht wichtig, wir wissen es alle und hüten uns, ihr zuviel zu glauben. Aber können Sie begreifen, dass sie auf Gérald Einfluss hat? Sie müssen wissen, das Gérald ausserordentlich gerecht ist, ein Mann, der niemals lügt und der ein unbestechliches Urteil besitzt. Manchmal liebt er jemanden von uns, einen Knaben oder ein Mädchen, und es ist oft so, dass man glauben könnte, er habe sich getäuscht. Aber er täuscht sich niemals. Die Leute, die er wählte, erwiesen sich später immer als sehr begabt. Sie können sich wohl denken, dass Géralds

Urteil bei uns etwas gilt, und das ist der Grund, warum wir alle von ihm abhängig sind."

„Kann er Sie denn leiden?"

Charles schüttelt verzweifelt den Kopf. „Ich glaubte es. Ich bin ein Idiot, aber ich glaubte es wirklich! Ich wollte gern einmal zu ihm nach Hause gehen und ihn fragen, was ich werden soll. Denn in der letzten Zeit bin ich überall abgewiesen worden, ich hatte es sehr nötig, Geld zu verdienen, ich wollte Schreibarbeiten übernehmen oder Botengänge. Aber man wies mich überall ab. Ausserdem war ich krank. Sehen Sie mich doch an: Die Leute sagen, ich gehöre in ein Lungensanatorium! Es ist sehr fraglich, ob ich mein Examen dieses Jahr bestehen werde, die Lehrer sind mir nicht wohlgesinnt, sie halten mich für einen schlechten und gefährlichen Menschen. Ich hatte genug davon, ich war müde und deshalb wollte ich zu Gérald, um ihn um seinen Rat zu bitten. Statt dessen sitzt jetzt vielleicht Mica bei ihm, wie gestern auf seinen Knien."

„Auf seinen Knien?"

„Natürlich, dieses niederträchtige Geschöpf! Mir war schlecht geworden, die beiden Barmädchen machten sich über mich lustig; ich schämte mich vor Gérald und statt zu schweigen sagte ich ihnen Unhöflichkeiten. Ich muss sehr grobe Dinge gesagt haben, Beleidigungen oder Schweinereien, ich weiss es nicht genau. Dann war mir übel und ich lief hinaus und heulte. Als ich zurückkam, sass Mica auf Géralds Knien. Er hielt sie wie ein kleines Kind – sie ist ja auch erst sechzehn Jahre alt –, und zu mir sagte er ganz kalt: ‚Sie sind ja betrunken, Charles!' und sonst nichts. Dann fing Mica an zu lachen und flüsterte ihm irgendwelche Dinge zu, die zweifellos mich betrafen und wohl sehr gemein waren, denn er sagte ihr, sie solle schweigen. Zu Robert aber, der mit einer Teekanne hereinkam und mir eine Tasse anbot, weil er sah, dass ich mich krank fühlte – zu Robert sagte er in demselben kalten Ton: ‚Du solltest Charles lieber nach Hause schicken! Was tut er hier, er ist ja noch Schüler, und ausserdem führt er sich schlecht auf.‘ Die anderen schwiegen und sahen mich an wie einen verlorenen Menschen. Ich sagte Ihnen ja schon, wieviel Géralds Urteil bei uns gilt. Und er wiederholte: ‚Gehen Sie nach Hause, Charles!‘ Ich ging fort, was blieb mir anderes übrig!“

Erbittert und traurig starrt Charles auf seine grossen Hände. Bernhard ist ziemlich betroffen; er hatte etwas anderes erwartet, einen dramatischen Ausbruch mindestens – er hatte gedacht, Charles müsse irgend etwas begangen haben, etwas Widerwärtiges und Ehrenrühriges vielleicht, und er war ein wenig ängstlich gewesen, denn er hört Erzählungen solcher Art nicht gern. Jetzt aber ist er betroffen von Charles' Traurigkeit und von dem, was ihm geschehen ist. Er kann sich sehr gut denken, wie tief Charles die Verachtung Géralds gekränkt hat, und er weiss, dass dieses „nach Hause geschickt werden“ eine grössere Beleidigung für ihn ist und eine schmerzlichere Niederlage als die dramatischen Vorgänge, auf welche er gefasst gewesen war.

„Es tut mir leid für Sie“, sagt er zu Charles. „Aber vielleicht war es von Gérald nicht so ernst gemeint?“

„Er meint alles ernst, was er sagt!“

„Das beste wäre, zu Gérald zu gehen und mit ihm zu sprechen. Aber natürlich wenn er allein ist, nicht bei Robert, wo die Sängerinnen sind, die Sie nur reizen würden, und Mica, die sich zweifellos über Sie lustig macht!"

„Dann müsste ich zu ihm nach Hause gehen. Ich habe keinen Mut."

„Wenn Sie es wünschen, gehen wir zusammen."

„Das wollen Sie tun?" Charles scheint überrascht. Er sieht Bernhard zweifelnd an und zieht die Hände von der Tischplatte zurück. Plötzlich springt er auf und stellt sich dicht vor Bernhard. „Ich wusste ja, dass Sie mir helfen werden", sagt er mit einem kindlich befriedigten Lächeln, „ich glaube, dass Sie ein guter Mensch sind."

Was ist inzwischen aus Gert und Ines geworden und aus unserem Freund, dem schmutzigen Hund Flock? Des letzteren Leben hat keinerlei Veränderungen erfahren, er schläft im Gang vor Ines' Zimmer, sein Korb ist mit einer roten Decke ausgestattet, daneben steht eine kleine Emailschüssel, welche allabendlich mit Wasser gefüllt wird. Flock schläft gut und ungestört, und morgens kratzt er mit der Pfote mehrmals an die Zimmertür, bevor ihm von innen geöffnet wird. Ines begrüsst ihn meistens recht kurz, ohne auf die stürmischen Bezeugungen seiner Liebe zu achten. Flock ist darüber nicht erstaunt, er weiss, dass Ines sich zu anderen Freunden ähnlich verhält. Sie ist nicht expansiv, und für Zärtlichkeiten ist sie schwer zugänglich.

Sie trägt rote Pantoffeln, deren Farbe zu der Decke in Flocks Korb passt, und einen langen Morgenrock, der einen unbeschreiblich guten Duft ausströmt. Flock liebt es, seine Schnauze in den weichen Stoff zu vergraben, während Ines vor dem Toilettentisch sitzt und sich mit ihren Nägeln beschäftigt. Wenn sie es bemerkt, schickt sie ihn fort, aber nie, ohne ihn einen Augenblick mit ihrer festen und warmen Hand zu streicheln. „Geh schon, guter Hund“, sagt sie, und Flock fühlt, dass darin eine grosse Zärtlichkeit liegt, die er mehr schätzt als die heftigen Ausbrüche Gerts und die dauernden, schon beinahe unerträglichen Streichelbewegungen des kleinen Bernhard. Flock ist ein zu guter Beobachter, um nicht zu wissen, dass Bernhard ihn nicht um seiner selbst willen liebkoste, sondern aus Verlegenheit, wenn Ines und Gert sich unterhielten und ihn vergassen, oder wenn er einer Diskussion ausweichen wollte. Übrigens sind seit Bernhards Abreise die Autofahrten am Samstagnachmittag seltener geworden, und da Flock dieselben sehr schätzte, kann man sagen, dass er den Knaben Bernhard doch mindestens in einer Hinsicht entbehrt.

Soweit Flock: Er frisst, schläft und geht spazieren. Alles in gewohnter Weise. In einem Wort: Es geht ihm gut.

Ines aber, seine liebevolle Freundin, ist von Sorgen verschiedener Art gequält. Und obwohl sie ein kluges Mädchen ist, mit vernünftigen und klaren Anschauungen, geschieht es ihr in letzter Zeit häufig, in eine gewisse Unsicherheit zu verfallen; ihr Urteil ist getrübt, sie zweifelt, ob das, was sie tut, richtig ist, oder ob es nicht ebensogut anders getan werden könnte. Sie fragt sich beispielsweise, ob sie nicht einen Beruf ergreifen sollte. Ich habe wohl nicht genügend hervorgehoben, dass Ines keinen Beruf hat, obwohl sie ein durchaus modernes Mädchen ist. Das ist recht sonderbar, wenn man bedenkt, dass sie an Intelligenz, Interesse und Gewandtheit das Mittelmass bei weitem überragt und dass sie, obwohl sehr hübsch und anziehend, von diesen letzteren Eigenschaften wenig Gebrauch macht: Sie geht selten aus und scheint nicht darauf bedacht zu sein, eine „gesellschaftliche Rolle“ zu spielen. Ihr Vater bedauert es, weil er findet, sie sehe auffallend gut aus. Aber Ines ist seit dem Tod ihrer Mutter immer sehr selbständig gewesen, und er versucht gar nicht, einen Einfluss geltend zu machen, den er nicht besitzt. Das will nicht heissen, dass Ines ihren Vater wenig schätze. Er ist ein kluger Mann, sehr in Anspruch genommen von seinen Geschäften, gebildet und weitblickend und in allen Angelegenheiten durchaus grosszügig. Ines liebt ihn unendlich, aber sie gewährt ihm wenig Einblick in die Organisation ihres Lebens oder in die Wahl ihrer Freunde und ihrer Beschäftigungen. Sie ist der Meinung, dass in all diesen Dingen vollkommene Freiheit herrschen müsse, weil falsche Rücksichten und mehr noch falsche Beeinflussungen immer nur Fehler zur Folge haben würden. „Anpassung und Rücksicht“, sagt sie, „sind Fragen des Taktes. *Meines* Taktes natürlich! Aber auf den kannst du dich schliesslich verlassen!“

Wie würde sich ihr Vater beispielsweise verhalten, wenn er wüsste, dass sie an den Zusammenkünften von Gerts Freunden als einziges Mädchen teilnimmt? Oder wenn sie ihn fragen würde, ob er erlaube, dass sie mit Gert Weekendfahrten unternehme, ganz allein also mit einem dreiundzwanzigjährigen Jungen? Obwohl er, wie gesagt, durchaus grosszügig ist, müsste er doch zweifellos Einwände erheben oder sie darauf aufmerksam machen, dass sie ihre Ehre und ihren guten Ruf aufs Spiel setze.

Ines aber kann unmöglich von den Sitzungen der Konservatoriumsschüler wegbleiben. Ferdinand zum Beispiel hat sie sehr nötig, ganz abgesehen von dem Knaben Bernhard, den sie nach Hause bringen muss. Auch die Weekendfahrten mit Gert kann sie nicht um ihres guten Rufes willen aufgeben, denn sie sind die Freude ihres Sommers, und es ist ihnen, Gert, Flock und Ines, sehr zuträglich, allwöchentlich einmal frische Landluft zu atmen.

Die Einwände des Vaters versteht Ines durchaus. Sie nimmt auch eine gewisse Rücksicht darauf, aber sie weiss, dass eine völlige Einigung unmöglich ist, weil man von zwei verschiedenen Wertansichten ausgeht: Ihr Vater findet ihren guten Ruf wichtiger als das Vergnügen der sommerlichen Fahrten. Er bedenkt die Zukunft, er ist weitschauend und erfahren. Ines dagegen schätzt den Wert eines „Rufes" ungleich geringer ein, und sie ist nicht geneigt, irgendwelche Folgen in einer noch ungewissen und sehr, sehr fern liegenden Zukunft in Betracht zu ziehen. Sie wird nächsten Samstag mit Flock und Gert durch grüne Wälder fahren; sie haben sich vorgenommen, das ganze Waldgebirge zu durchqueren, und an einem See, der beinahe ein Bergsee zu nennen ist, werden sie Fische essen und an Berchen denken, der inzwischen in der grossen Stadt Paris Klavier studiert. Ines wird Flock ohne Leine laufen lassen, auf die Gefahr hin, dass er Wild aufstöbert und durch sein unsinniges Gekläffe auch noch die Aufmerksamkeit des Gastwirts erregt. Sie werden beschwichtigend eingreifen müssen und versichern, dass der missratene Hund keinerlei Fähigkeiten besitzt, einen schnellfüssigen Hasen einzufangen. Endlich wird es dunkel werden, und Gert, schlechter Laune, wird Flock ein unnützes Tier schimpfen, weil er auf ihr gemeinsames Pfeifen nicht hört.

Aber auf dem Heimweg taucht er plötzlich auf, schiesst lustig aus seitlichem Gebüsch hervor, überschlägt sich beinahe vor Vergnügen, springt an seinen wiedergefundenen Herren (denn über Sonntag gilt auch Gert als „Herr") schmeichlerisch empor und trabt dann mit erhobener Schnauze vor ihnen her. Im Wirtshaus – ein Hotel wird man es kaum nennen können – gibt es mächtige Betten mit vielen Kissen und Wolldecken mit Streifen darin. Gert bestellt Wein und behauptet, er sei nicht müde, und Ines muss Gewalt anwenden, um endlich schlafen zu können, den berühmten und wohlverdienten Schlaf der Jugend. Sonntags aufzuwachen ist genau so, wie Berchen es sich immer gewünscht hat: Man hört das Plätschern eines Brunnens, durch die Ritzen der Läden dringen einzelne Sonnenstreifen, golden und verheissungsvoll.

Gert steht früher auf als Ines, er ruft vor dem Hause nach ihr und kommt dann mit dem Mädchen, welches das Frühstück bringt, in ihr Zimmer. Er isst eine grosse Menge von Brötchen, ruft laut durch das Treppenhaus, man solle noch mehr Milch bringen, und heimlich gibt er Flock aus einer Untertasse zu trinken.

Abends aber ist Ines sehr müde – es wird immer so rasch Abend. Man ist, wie Berchen sagt, durch blühende Felder gefahren, und die Linie des Horizonts näherte sich, wurde mattblau im sinkenden Licht, stand klar und traurig und plötzlich wieder unerreichbar fern in einem hohen, hellgefärbten Himmel.

Gert fährt auf gewundenen Strassen dem Horizont entgegen. Manchmal wird es Nacht, und eine bleiche Mondscheibe begleitet ihren Weg. Flock schläft, er hält die Schnauze in Ines' Hand gedrückt.

Ines wird nächsten Samstag wieder wegfahren, mit Flock und Gert, und sie wird sich nicht darum kümmern, ob es ihrem Ruf schaden kann. Um aber ihren Vater nicht zu betrüben, welcher so überzeugende und so zweifellos richtige Gründe weiss für die Bedeutung eben dieses Rufes, zieht Ines es vor, ihn in dieser Sache nicht um seine Meinung zu befragen. Die fertige Tatsache ist gegenüber der besprochenen und vielfach erwogenen immer harmlos, dies weiss Ines aus reicher Erfahrung.

Aber ich sagte, dass die Samstagsfahrten seit Bernhards Abreise seltener geworden seien und dass Flock diese Veränderung schmerzlich empfindet. Dies hat natürlich seine besonderen Gründe, und sie hängen zusammen mit der sorgenvollen Nachdenklichkeit, von welcher Ines jetzt hie und da befallen wird.

Sie macht sich Sorgen um ihren Freund Gert. Er hat beschlossen, ernstlich Jurisprudenz zu studieren. Er wird diesen Herbst damit beginnen. Er rechnet aus, dass er drei Jahre brauchen wird, da er ja schon einige Semester belegt hatte. Er bespricht das ernsthaft mit Ines, wobei er das Programm der Universität – ein schmales, gelbes Heftchen, mit gewichtigen Titeln bedruckt – aus der Tasche zieht und mit einem goldenen Bleistift Kreuzchen neben die Vorlesungsnummern macht, welche er zu belegen gedenkt.

Ines interessiert sich lebhaft für seine Pläne; sie stellt sich den kommenden Winter vor: Flock und sie werden Gert hie und da in seiner Wohnung besuchen, aber nicht zu oft, damit er in der Arbeit nicht gestört werde. Statt der Bleistiftskizzen mit Bernhards schönem Kopf werden grosse schwarze Kollegienhefte den Schreibtisch bedecken, ausserdem wohl einige Bände, die mit „corpus iuris civilis“ bezeichnet sind – genauere Vorstellungen über das Handwerkszeug eines Juristen besitzt Ines nicht. Gert wird ausserordentlich gelangweilt aussehen und stets schlechter Laune sein.

Die Konservatoriumsfreunde? Seit Ferdinand und Bernhard fort sind, haben die Abende ohnehin an Reiz verloren. Vielleicht könnte man sich mit Rechtsstudenten befreunden, mit zukünftigen Advokaten, Berufsberatern und städtischen Richtern. Solche Leute haben mehr Ernst und Würde als die jungen Musiker, die es sich beispielsweise erlauben, parteilos zu sein. Gert wird sich also in Zukunft für oder gegen Hitler entscheiden müssen ...

„Gert“, beginnt Ines, „bist du Hitlerianer?“

„Bist du verrückt?“

„Ich frage ja nur.“

Und Ines kann nicht umhin, es lächerlich zu finden, dass Gert Student werden soll. Studenten an sich sind sehr sympathisch. Gert als Student ist zweifellos lächerlich und deshalb unmöglich, denn Gert ist empfindlich und leicht zu kränken, und er wird eine Rolle nicht lange spielen wollen, die ihm nicht steht. Er scheint sich jetzt noch nicht klar darüber zu sein. Er ist eines rührend guten Willens voll, „etwas zu werden“ ist augenblicklich sein einziger Wunsch, etwas zu werden also im strengen Sinne des Wortes: einen Titel, einen Grad, eine Stellung zu erringen.

Gert ist unsicher und stolz, und seine Schwäche hindert ihn, an diesem unwürdigen und ermüdenden Zustand etwas zu ändern. Er sitzt nach vorne gebeugt und liest noch immer mit leise gequältem Ausdruck in dem Heftchen mit dem gelben Umschlag.

Ines beobachtet ihn still. Sie verfolgt die Linie seiner Schläfen und der schönen, gebräunten Stirn, welche von schwarzen Haaren halb bedeckt ist. Seine Augen sind dunkel, unruhig und eindringlich, der Mund, böse und hart, öffnet sich oft wie zu leidenschaftlicher Klage.

Aber Gert klagt niemals. Sein Stolz hindert ihn daran. Seine Reden sind trotzig und böse, und manchmal, wenn er gekränkt wurde, spricht er mit grosser Vermessenheit. Viele Leute hassen ihn deswegen, sie finden ihn masslos und unzuverlässig. Sie warnen Ines oder sie wundern sich über ihren Mut, denn sie finden, es sei viel Mut nötig, um sich mit einem Menschen wie Gert zu befreunden. Das ist beinahe lächerlich, denn Ines ist stärker und klüger als Gert, und sie hilft ihm, wie sie allen Menschen hilft und wie sie auch Bernhard geholfen hat.

Allerdings ist sie jetzt besorgter um Gert als früher. Sie hat sich bisher über seine Zukunft keine ernstlichen Gedanken gemacht, denn er war ja klug und begabt, noch ohne Ehrgeiz, aber doch bemüht um Anerkennung und stolz auf seine Erfolge. Zuletzt aber war ihm alles gleichgültig, und er sass viele Stunden in seinem Zimmer und rauchte und betrank sich auch hie und da mit seinen Freunden. Das tat ihm nicht gut, er schämte sich nachher und lief umher wie ein bestrafter Schuljunge. Wenn Ines ihn anrief, um mit ihm spazierenzugehen oder um ihn einzuladen, wollte er nicht und erfand unhaltbare Ausreden. Obwohl sein Verhalten sie nicht wenig kränkte, fuhr sie fort, ihn anzurufen, denn sie dachte, sein böser und kindischer Stolz würde ihn hindern, zu ihr zu kommen. Und plötzlich sagte er ihr am Telephon, sie solle ihn unbedingt besuchen, möglichst rasch, er warte schon lange auf sie, denn er habe ihr etwas Wichtiges mitzuteilen. Die Mitteilung war sein Entschluss, ernstlich mit dem Studium zu beginnen.

„Gert, warum willst du eigentlich studieren?"

„Meine Eltern wollen es."

„Das wusstest du schon lange und hast dich nicht viel darum gekümmert."

„Weil ich glaubte, malen zu können."

„Seit wann glaubst du es nicht mehr?"

„Seit Bernhard fort ist."

„Du hast keine Lust mehr jetzt?"

Gert sieht Ines gequält an. „Du weisst es ja", sagt er. „Warum fragst du überhaupt?" Und das Gesicht abwendend: „Ich dachte, ich male gern. Aber es war nur Bernhard, den ich gern malte. Und ohne ihn geht es nicht. Sieh dir an, was ich gemacht habe seither! Ich habe kein Talent, Ines. Ich liebe Bernhard." Und jetzt ist sein Mund geöffnet wie zu leidenschaftlicher Klage.

Ines bleibt still. Sie sieht immer sein Gesicht an, aufmerksam und traurig. Aber die Traurigkeit ist kaum zu bemerken, es könnte auch der Ausdruck einer grossen Ruhe sein. „Wirst du Bernhard nicht mehr lieben, wenn du Jurist bist?" sagt sie. „Wirst du dich denn ändern?"

„Aber darum handelt es sich ja nicht. Es handelt sich um meinen Beruf!"

„Es handelt sich um dich! Und du bist schwach und ein wenig feig."

„Feig?"

„Du leidest, weil Berchen fort ist, und du tust, als leidest du wegen deiner Tatenlosigkeit. Du weisst, dass du schwach bist, nicht wahr, und deshalb willst du studieren."

„Du brauchst mir das nicht zu sagen. Warum soll ich übrigens Berchen nicht lieben?"

„Das frage ich mich auch! Sei doch kein Kind, Gert, hörst du, sei ein wenig ehrlicher gegen dich! *Um was handelt es sich denn hier?*"

Ich bin so allein, Ines. Ich kann das nicht ertragen!"

„Es ist vielleicht gut, wenn du studierst. Du hast noch nie versucht zu arbeiten."

„Ich kann nicht ertragen, so allein zu sein!"

„Andere sind auch allein. Ausserdem hast du Flock und mich. Wenn du willst, kannst du Berchen besuchen, der arme Junge würde sich riesig freuen!"

„Ich will nichts von Berchen! Ich war froh, als er wegfuhr. Er machte mich leiden mit seinem hübschen Kopf und seinem süssen Kindergesicht. Er störte uns. Er war immer da ...

„Hör doch auf, du glaubst kein Wort von dem, was du sagst!"

Aber Gert will nicht aufhören. Er hält die beiden Hände von Ines fest und redet mit abgewandtem Gesicht, leidenschaftlich und anklagend. „Er störte uns, Ines, ich versichere dir, dass er uns störte. Du liebtest ihn ja ebenso wie ich, nicht wahr, und du umsorgtest ihn, wenn wir Auto fuhren oder wenn wir abends zusammen waren, und wir überhäuften ihn beide mit Zärtlichkeit."

„Und er sass still und freundlich zwischen uns und hielt Flock am Halsband fest."

„Aber du liebtest ihn mehr als mich, Ines, nie hast du dich um mich gekümmert wie um ihn!“

„Sei doch kein Kind, Gert!“

„O Ines, ich will aber, dass du mich liebst!“ Er presst sein Gesicht in ihre Hände, die er so fest hält, dass die Handgelenke weiss hervortreten, und ganz zitternd wirft er sich ihr entgegen, mit blassem und leidenschaftlich erregtem Gesicht.

Ines, die mit beiden Armen seinen Nacken umschlingt, neigt den Kopf ein wenig zurück und weint plötzlich unter seinen Küssen.

Zunächst war es Bernhard nicht möglich, den Schüler Charles zu einem Besuch bei Gérald zu bewegen. Er sprach öfter davon, sagte, er habe am späten Nachmittag Zeit, man könnte am nächsten Tag hingehen, es sei nicht gut, die Sache zu lange ruhen zu lassen. Aber Charles weigerte sich hartnäckig und erklärte offen, er habe Angst. Dagegen liess sich nichts machen, und Bernhard beschloss, den Plan nicht mehr zu erwähnen, bis Charles selbst ihn daran erinnern würde.

Dazu kam, dass Bernhard von anderen Dingen in Anspruch genommen wurde, die ihm noch ungewohnt waren und ihm daher viel Mühe verursachten: Er brauchte nämlich Geld. Sein Vater schickte ihm zwar zu Beginn des Monats eine kleine Summe, die für die Bezahlung des Zimmers und, wenn er sehr sparsam war, für die beiden Hauptmahlzeiten ausreichte, aber daneben gab es Rechnungen für Wäsche, für Noten und Miete des Klaviers, ferner brauchte er für den Winter dringend einige Gegenstände, die er sich aber in seiner jetzigen Lage nicht kaufen konnte, ganz abgesehen von den vielen kleinen Nebenausgaben, von den ungezählten Omnibusbilletten bis zu den Zigaretten für Charles, die eine Menge Geld erforderten.

Bernhard befand sich also zu seiner Verwunderung in jener Lage, die ihm durch Charles und seine Freunde zwar bekannt, auf die er aber selbst nicht gefasst gewesen war: Er brauchte Geld und wusste nicht, wie es sich beschaffen. Charles grinste schadenfroh, was von ihm unfreundlich war, denn Bernhard hatte ihm in den letzten Wochen oft ausgeholfen. Ausserdem hatte er gar keinen Grund zu lachen, denn sein Taschengeld war ihm schon ausgegangen, acht Tage bevor Madame Dubois verpflichtet war, ihm die nächste Rate auszuhändigen.

Bernhard beschloss, sich an seinen Lehrer zu wenden. Wirklich wusste dieser nicht nur einen Ausweg, sondern mehrere, und Bernhard hatte bloss zu wählen.

„Sie könnten sogar schon Stunden geben, Sie haben grosse Fortschritte gemacht."

Bernhard errötet vor Freude.

„Aber Sie sehen wirklich zu jung aus, wie ein kleiner Schulknabe."

Bernhard verzichtet gern darauf, denn die anderen Vorschläge sind viel reizvoller: Eine Dame aus Amerika, die Deutsch spricht und einen Affen besitzt, sucht einen Repetitor, um Liedtexte zu lernen. Der berühmte Name von Bernhards Lehrer veranlasste sie, sich an ihn zu wenden. Sie hat sehr viel Geld und will Sängerin werden, und sie kann durchaus nicht begreifen, dass der „Meister" es abschlägt, täglich mit ihr zu musizieren.

Ferner: Ein russischer Chor braucht einen Begleiter, der gut vom Blatt spielt und mehrstimmige Lieder einstudieren kann.

Endlich wird für eine Jazzband, die täglich vier Stunden spielt (in einem kleinen Lokal am rechten Ufer), ein begabter Pianist gesucht. Die Spieler tragen rote Anzüge mit rotweiss karierten Krawatten, und Bernhard würde täglich 150 Francs verdienen, denn die Band ist sehr berühmt.

Aber der junge Pianist soll „technisch perfekt“ sein, ausserdem muss er vorspielen, bevor er angenommen wird. Bernhard hegt berechtigte Zweifel und entschliesst sich lieber für die amerikanische Dame, die einen Affen besitzt. Sein Lehrer schreibt ihm einen Empfehlungsbrief, der sehr schmeichelhafte Dinge über ihn aussagt, und Bernhard macht sich, schon recht müde, auf den Weg.

Das Hotel der Amerikanerin ist Gott sei Dank ohne Metro erreichbar. Es befindet sich nicht weit von der englischen Kirche, in einer stillen und vornehmen Nebenstrasse der Avenue George V. Bernhard fragt den Concierge nach der Zimmernummer, lässt sich telephonisch melden und wird von einem kleinen Jungen in brauner Livree zum Lift geführt. Sie werden lautlos und rasch hinaufbefördert, und der Boy, welcher seine goldbetresste Mütze in der Hand hält, läuft durch einen langen, teppichbelegten Gang voraus. Bernhard folgt eilig, die Notenmappe unter dem Arm.

Im Zimmer der Amerikanerin wird Grammophon gespielt. Sie klopfen zweimal vergebens, obwohl ziemlich heftig, und lauschen mit gesenkten Köpfen. Als das drittemal keine Antwort erfolgt, sieht der Boy Bernhard zögernd an und drückt dann entschlossen die Klinke nieder. Jemand ruft sehr laut: „Come in, please!" Der Junge in Braun öffnet die Tür vollends und zieht sich mit einer kleinen, sehr hübschen Verbeugung zurück.

Bernhard steht mitten im Zimmer, verwundert und leicht verlegen.

Ringsum sind die Wände mit grüner Seide bespannt. Dazu passen schlecht die bunten Kissen, die einen breiten Diwan bedecken und eigentlich in ein modernes Studio gehören. Neben dem Diwan steht auf einem kleinen Tisch das Grammophon, das einen abscheulichen Lärm macht, so dass Bernhard kein Wort sprechen kann.

Jetzt steht eine Dame auf, die im Hintergrund auf dem Diwan gelegen hat, und mustert Bernhard mit fröhlichem Blick. Er sagt „Guten Abend", denn er erinnert sich, dass sie Deutsch versteht, und verbeugt sich vor ihr.

„Oh, bemühen Sie sich nicht", sagt sie, und ihre Stimme passt sehr zu ihren fröhlichen Augen. Dann dreht sie sich um und ruft einen jungen Mann, der Billy heisst und den Bernhard vorher nicht bemerkt hatte. Er spricht nicht Deutsch, aber er schüttelt Bernhard herzlich die Hand. Er hat einen gewaltigen Händedruck, und auch sonst sieht er ausserordentlich stark aus. Bernhard erinnert sich bei seinem Anblick an die breitschultrigen und schmalhüftigen Jungen der Modezeitungen, auch der Anzug von Billy mit sehr weiten Hosen und einem Pullover unter der dicken Jacke passt gut dazu.

Aber Billy spielt eigentlich gar keine Rolle, es ist wichtiger, zunächst einmal die junge Dame Betsy zu betrachten, welche Bernhard mit grossem Eifer die Mappe abnimmt und ihn freundlich auffordert, auch den Mantel auszuziehen.

„He is quite a child“, sagt sie fröhlich und fragt ihn dann, ob er Englisch verstehe.

Bernhard, der sich etwas wohler fühlt, nickt schweigend und setzt sich in einen grossen Stuhl, ihr und dem Grammophon gegenüber. Während sie Zigaretten, Schokolade, Portwein und kleine Kuchen vor ihm aufbaut, hat er Zeit, sie genauer anzusehen. Sie ist auffallend jung und ziemlich hübsch. Ihre Zähne sind so weiss, dass er sich an eine Odolreklame erinnert fühlt. Bei Billy war es eine Modezeitung.

Reklamezeichner scheinen sich an amerikanische Vorbilder zu halten, denkt Bernhard und zündet sich, nicht ohne Verlegenheit, eine Zigarette an.

Betsys Augen sind zwar fröhlich, sonst aber nicht sehr ausdrucksvoll. Doch passen sie vortrefflich zu ihrem rotgemalten Mund, der klein und stark geschwungen ist, ein wenig wie ein erstaunt geöffneter Kindermund. Nicht nur Betsys Lippen sind rot gemalt, sondern auch ihre Nägel, die auf den weissen Fingern wie rote Flecken aussehen. Bernhard ist gewohnt, Hände eindringlich und genau zu prüfen, und er hat daher eine gewisse Sicherheit des Urteils gewonnen. Auch Billys Hände hat er schon angesehen; sie sind gross und stark, die Finger etwas plump und an den Spitzen verbreitert, aber sie haben einen sympathischen Ausdruck von Naivität und Gutmütigkeit. Betsys Hände sind sehr weiss und sehen aus, als würden sie massiert, der Handrücken ist straff und schlank, aber die Finger machen einen weichlichen Eindruck. Bernhard vergleicht sie unwillkürlich mit den Händen seiner Freundin Ines, die hell und kräftig sind und wundervoll modelliert. Es ist natürlich sinnlos, solche Vergleiche anzustellen. Bernhard fährt also in seiner Betrachtung fort und kommt zu dem Resultat, dass Betsy ein recht anmutiges Mädchen sei, sehr gesund und fröhlich, mit gut trainierten schlanken Beinen, im übrigen eher weich, rundschultrig, mit kindlich vollen Wangen und einem ebensolchen Kinn.

Eine Sängerin hat er sich anders vorgestellt, aber schliesslich ist sie ja auch Amerikanerin.

Um etwas zu sagen, schlägt Bernhard vor, sie könnten schon heute ein bisschen musizieren. Ein Flügel ist vorhanden, überhaupt ist es erstaunlich, was alles in diesem grünseidenen Raum aufgestellt ist. Der Flügel scheint meistens als Blumentisch benützt zu werden; es kostet ziemlich viel Mühe, die Vasen mit phantastisch grossen Sträussen wegzustellen, so dass der Deckel geöffnet werden kann.

Betsy will die „Forelle“ singen. Bernhard macht Einwendungen, man könnte zunächst etwas Leichteres nehmen. Aber das scheint für sie durchaus keinen Unterschied zu machen. Sie singt abscheulich falsch und so, als ob sie das Lied komponiert habe, aber sie hat eine hübsche und reine Stimme und ist rhythmisch sehr sicher. Schon nach kurzer Zeit hat sie genug und schlägt vor, man könnte jetzt essen gehen, und Billy und Bernhard stimmen zu. Es ist neun Uhr. Bernhard, der sich nicht länger beherrschen kann, fragt, ob Betsy einen Affen besitze. Sie ist begeistert, öffnet die Tür zum Badezimmer und ruft mit zärtlicher Stimme: „Knaggy“. Worauf unter Getöse ein kleines, greuliches Tier hereinstürzt, eine Kette klirrend hinter sich herschleifend; dämonisch und rücksichtslos springt es über Kissen und Grammophonplatten hinweg, stürzt eine Blumenvase um, flieht entsetzt auf die zunächststehende Kommode und von dort ins Bad, das grünseidene Zimmer in chaotischem Zustand zurücklassend.

Betsy ruft mehrere Male: „Isn't he sweet?" und lacht Tränen über Bernhard, der sich staunend erholt.

Ich bin die Beschreibung von Géralds Wohnung schuldig geblieben, von der ich sagte, dass sie gewissermassen zwei Seelen ausdrücke, zwei Seelen, die sich aber nicht eigentlich widersprechen, sondern sehr verschieden, sehr unabhängig in Gérald Raum gefunden haben. Von Gérald habe ich schon ausführlich gesprochen, von seiner seltsamen Herkunft, von seinem Vater, der ein Bauer, und von seiner Mutter, welche eine jüdische Gelehrtentochter war.

Es sind mehrere Wochen vergangen, seitdem Gérald dem Knaben Bernhard begegnet war, jenem jungen Pianisten, dessen Ernst und Hingegebenheit an den grossen Meister Johann Sebastian ihn in so seltsamer Weise berührt hatte. Wie gesagt, Bernhard war der Einladung Géralds bisher nicht gefolgt, und über den Geschehnissen der letzten Zeit hatte er sie vollends vergessen.

Bernhard fühlt sich ausserordentlich wohl, seit er Betsy kennengelernt hat. Er liegt auf seinem Bett und denkt darüber nach, wie einfach es mitunter ist, zu Geld zu gelangen. Die graue Zimmerdecke, einst Anlass zu ebenso grauer Melancholie, bedrückt ihn heute nicht mehr. Er hat sich daran gewöhnt, und ausserdem ist es nicht gut, in einer grossen Stadt der Sklave von Stimmungen zu sein. Bernhard hat am Anfang sehr darunter gelitten, besonders wenn er müde war. Manchmal wachte er auf mit einem Gefühl sonderbarer Bedrückung; der Tag, der vor ihm lag, schien nichts als eine Kette von Mühseligkeiten, er sah im voraus die Gesichter, die ihm begegnen würden: gleichgültig, fremd, ohne Freude. Er überdachte alles, was er zu tun hatte, er fürchtete sich schon, Madame Dubois im Gang zu begegnen, mit ihr sprechen zu müssen, eine geschickte Wendung nicht findend, um sich zu verabschieden. Auch den Weg zum Musikgeschäft fürchtete er, und die Kälte des kleinen, schlecht erleuchteten Übzimmers, worin er, mit steifen Fingern, mehrere Stunden bleiben musste. Und endlich war es qualvoll, das kleine Restaurant in der Rue St. Jacques zu betreten, Charles gegenüberzusitzen, zu bestellen, zu essen, den Kellner zu rufen.

Bernhard ass in letzter Zeit regelmässig mit Charles. Sie trafen sich um ein Uhr, und manchmal kamen einige von Charles' Kameraden mit. Sie schimpften über ihre Lehrer, es war üblich, dies zu tun, und sie gebrauchten dabei alle dieselben Wendungen, es war eine Art von Schema, welches angewandt wurde. Immerhin waren diese Burschen lustig und unternehmend, man brauchte sich mit ihnen nicht anzustrengen, und sie liebten den jungen „Boche“ auf ihre Art: Sie lobten stürmisch seine Vorzüge, nannten ihn ihren „blonden Kameraden“, überboten sich darin, ihn zu necken und in Verlegenheit zu bringen – wobei sie eine erstaunliche Schlagfertigkeit und Redegewandtheit bewiesen –, aber bevor sie zum Nachmittagsunterricht in ihre Schule gehen mussten, liessen sie ihn hochleben und tranken roten, mit Wasser verdünnten Wein auf sein Wohl.

Das verhinderte natürlich nicht, dass Bernhard sich unter ihnen fremd und beengt fühlte, er zog es vor, mit Charles allein zu sein, obschon dieser fast immer mürrisch und aufgebracht war. Er hatte kein Glück in der Schule, die Lehrer waren zu sehr gegen ihn eingenommen, besonders seit bekannt geworden war, dass er häufig bei Robert verkehrte. Wie dieses Gerücht zu seinen Professoren gedrungen war, ahnte Charles nicht, aber er raste, dass es gerade jetzt geschehen musste, da er ja gar nicht mehr hinging und sich ehrlich bemühte, die Abende arbeitend in seinem Zimmer zu verbringen. Allerdings war diese Anstrengung ohne dauernden Erfolg; er begann jetzt, allein auszugehen, trieb sich stundenlang ziellos umher und kam erschöpft mitten in der Nacht nach Hause.

Bernhard fühlte sich manchmal von Charles' trübseligem Pessimismus angesteckt, und solche Tage waren es, die er besonders fürchtete. Die Ursachen seiner Betrübnis wusste er freilich nicht, aber er hielt sich nach Möglichkeit von Charles fern, versuchte, klar und ordentlich über seine Lage nachzudenken, sich gewissermassen einer Prüfung zu unterwerfen. Er fragte sich, ob er Heimweh habe, ob seine Arbeit ihn nicht befriedige, ob das Klima oder die Stadtluft oder die Gesichter seiner Hausgenossen ihn bedrückten. Er kam zu keinem Resultat und dachte, dass er sich beherrschen müsse, wollte er nicht kläglich und lächerlich dastehen, aber die Mutlosigkeit blieb und lähmte seine Kräfte.

Dass er Betsy kennengelernt hatte, war ein wahres Glück. Nicht nur fühlte er sich durch das Bewusstsein, Geld zu verdienen, gestärkt und erhoben – der Affe Knaggy und die strahlende Laune der beiden Amerikaner trugen auch nicht wenig dazu bei, ihn zu erheitern und seinem Tageslauf eine leichtsinnige und unbekümmerte Wendung zu geben. Denn Bernhard wurde täglich beschäftigt; er kam gegen sechs Uhr abends, bekam Tee und Kuchen, fragte dazwischen, ob Betsy ihre Texte gelernt habe, und begann zunächst, ihr

Deutsch zu korrigieren, wobei er eine genaue und klare Aussprache forderte und in pedantischer Weise darauf achtete, dass sie die Texte wortgetreu auswendig lernte. Erst wenn diese für Betsy eher peinliche Einleitung vorüber war, wurde der Flügel geöffnet. Bernhard fand seine Schülerin reichlich untalentiert, aber dafür war der Flügel schön und weich zu spielen, und Bernhard benutzte die Gelegenheit in ausgiebiger Weise. Betsy hörte ihm gerne zu, sie sass auf dem breiten Diwan mit den vielen bunten Kissen und bedeutete Billy, leise zu sein, wenn er gegen acht Uhr hereintrat, um sie zum Essen abzuholen.

Bernhard hatte grosse Fortschritte gemacht, er fühlte beglückt, dass sein Anschlag an Festigkeit und Sicherheit gewann, dass die Töne voller und zugleich weicher wurden und dass die Melodie rein und liedhaft aus der Begleitung aufstieg. Empfindliche Stellen aus Chopins Etüden gelangen ohne Schwierigkeit, liessen sich formen, wurden rund und klingend und behielten dabei eine bezaubernde Leichtigkeit.

Leider wurde Bernhard regelmässig von den Amerikanern unterbrochen. Freunde warteten auf sie – sie sagten immer Freunde und meinten damit gleichgültige junge Leute, welche aussahen wie sie und ähnliche Namen trugen. Betsy war hungrig, ihr Wagen wartete auf der Strasse, und Bernhard, noch ganz benommen seinem eigenen Spiel lauschend, wurde rücksichtslos und gewaltsam zum Abendessen mitgeschleppt.

Er ass also beinahe täglich mit den jungen Amerikanern, was ihm gut bekam. Ausserdem verdiente er ziemlich viel, denn Betsy rechnete in Dollar und zahlte ihm am zweiten Tag einen Vorschuss, weil sie es als selbstverständlich annahm, dass ein junger europäischer Student in Geldverlegenheit war ...

Soweit Bernhards jetziger Zustand. Er liegt auf seinem Bett, die Hände hinter dem Nacken verschränkt; eine Zigarette verglimmt neben ihm langsam im Aschenbecher.

Er hat Glück, er hat unglaublich viel Glück. Die Leute sind freundlich zu ihm, sie laden ihn zum Essen ein, sie nennen ihn den „kleinen Kameraden“ oder „the child“, sie geben ihm Geld und Schokolade und lassen ihn auf ihrem Flügel spielen, dessen Klang weich und wunderbar ist – und wie einst Gert und Ines, so fährt er jetzt in Betsys vornehm schwarzem Wagen durch die Stadt und kauft mit ihr Sweater, Zigaretten und harte kleine Kuchen für den Affen Knaggy.

Aber nicht nur Betsy verwöhnt ihn, sondern auch Madame Dubois, welche seine Strümpfe und seine Hemden in Ordnung hält, ferner sein Lehrer und endlich Charles, der ihn zwar mürrisch und mit scheinbarer Gleichgültigkeit behandelt, ohne aber seine merkwürdige und eifersüchtige Zuneigung zu verbergen. Und jetzt werden sie zu Gérald gehen, auf dessen Bekanntschaft Bernhard mit gespannter Neugierde wartet.

Charles, mürrisch und aufgebracht, kam morgens in Bernhards Zimmer und sagte ihm, er müsse mit Gérald „ins reine kommen“, er habe lange genug gewartet, und Mica kümmere ihn nicht mehr – überhaupt sei es ja nicht denkbar, dass sich Gérald von dieser geschminkten Katze wirklich beeinflussen lasse, und er, Charles, werde in einer vernünftigen Aussprache schon erfahren, wer ihn bei Gérald so schändlich angeklagt und verleumdet habe. Und mit einer grossartig herablassenden Wendung des Kopfes fährt er fort: „Du kannst ja immerhin mitkommen, wenn es dich interessiert!“

Bernhard antwortet, dass es ihn ausserordentlich interessiere, Gérald kennenzulernen, „den Herrn, vor dem ihr solche Angst habt“ – und obwohl Charles heftig erklärt, das sei vorüber und gar nicht nennenswert, so bemerkt Bernhard auf dem Weg zu Gérald an ihm doch eine steigende Nervosität; er spricht kurz und abgebrochen und läuft einige Male Gefahr, sich von einem Omnibus überfahren zu lassen, weil er mit verbohrtem Blick und in übermässiger Hast durch die Strassen rennt.

Übrigens muss erwähnt werden, dass Bernhard die Identität der beiden Géralds noch nicht entdeckt hat, es ist ja auch nicht wahrscheinlich, dass jener Arzt und Freund seines Lehrers, den er in der ersten Klavierstunde getroffen hat, gleichzeitig ein Vertrauter Roberts ist, von dem allerlei seltsame Gerüchte umgehen und in dessen Wohnung die kleinen geschminkten Barmädchen verkehren.

Charles und Bernhard läuten an der Tür Géralds. Ein junger Butler in blau-weissgestreifter Jacke öffnet ihnen und erklärt auf ihre Frage sogleich in höflichem Ton, Monsieur sei zu Hause und werde sie sicher empfangen.

Sie treten ein, und dies also ist Géralds Wohnung. Der Vorplatz ist ziemlich geräumig und mit Teppichen belegt, was einen vornehmen Eindruck erweckt. Über einem breiten Kleiderständer brennen zwei kleine, nicht besonders helle Lampen. Die eine ist direkt über einem Spiegel angebracht; auf einem Tischchen sind Bürsten, Kamm und kleine Handtücher ausgebreitet. Ausserdem befindet sich hinter einem Vorhang ein Waschbecken, über dem ebenfalls eine kleine Lampe brennt.

Der Vorplatz also ist neutral, vornehm und mit allen Bequemlichkeiten ausgestattet. Die Knaben ziehen ihre Mäntel aus, und Bernhard bürstet sich vor dem Spiegel die Haare, während Charles ungeduldig und ausgesprochen erregt auf dem Teppich steht, den unbeweglich wartenden Diener mit scheuen und bösen Augen betrachtend. Nachdem Bernhard fertig ist, öffnet der Diener eine Tür und führt sie in ein Zimmer, welches sehr hell erleuchtet ist und anscheinend einen Wohnraum oder eine Art von Wartezimmer darstellt. Ein grosser Tisch ist mit Büchern und Zeitungen bedeckt, man fühlt sich unwillkürlich verpflichtet, sich in einen der zahlreich herumstehenden Stühle niederzulassen und sich mit gähnender Langeweile in eine der Zeitschriften zu versenken.

Bernhard sieht auf die Uhr. „Man könnte glauben, wir wollen in die Sprechstunde", bemerkt er zu Charles, der mit verbissenem Gesichtsausdruck über das „pädagogische Elternblatt" gebeugt ist.

Nun aber öffnet sich die Tür, und Gérald tritt ein. Er kommt ziemlich rasch auf die Knaben zu und hält ihnen in auffallend herzlicher Weise die Hände entgegen. Bernhard errötet vor Überraschung, er erkennt den Freund des Lehrers und erinnert sich mit grosser Deutlichkeit an jenen Nachmittag in Passy: Er hatte eben zu spielen angefangen und sah den Blick eines Fremden auf sich gerichtet; er fühlte etwas Seltsames in diesem Blick, etwas sehr Tiefes, das aus grosser Trauer zu kommen schien.

Gérald aber, der zuerst Charles begrüsst hat, wendet sich

erst jetzt dem kleinen Blonden zu, erkennt ihn sogleich und lächelt freundlich und ohne ein Zeichen von Erstaunen. „Ich hatte Sie schon lange erwartet", sagt er, „ich bekam hie und da durch Ihren Lehrer Nachricht über Sie und habe mit Freude gehört, dass Sie rasche Fortschritte machen!"

Charles betrachtet die beiden mit Misstrauen. Gérald, der es bemerkt, ruft ihn sogleich und fordert beide auf, in sein Zimmer zu kommen. Er führt sie durch einen halbdunklen Raum, welcher nach Äther und Karbol riecht und ausser einigen weissen Gestellen und einem breiten, hohen Ruhebett völlig leer ist. Der Boden ist kühl und glatt und dämpft die Schritte, die Rolläden der Fenster sind halb geschlossen. „Dies ist mein privater Operationsraum", erklärt Gérald, „wenn euch also etwas fehlt, könnt ihr zu mir kommen."

Sie treten durch eine Tür, welche sich in zwei Flügeln auf leisen Rollgeleisen öffnet, in ein kleineres Zimmer mit schönen, mattblauen Wänden. Es fällt auf, dass kein einziges Bild vorhanden ist. Bernhard erinnert sich, dass in dem Wartezimmer einige schöne Ölgemälde hingen, auch im Vorplatz sind ihm eine Reihe von Skizzen und Holzschnitten aufgefallen. Hier aber sind die Wände völlig leer gelassen, auch die Mitte des Zimmers ist frei, so dass es einen verhältnismässig grossen Eindruck macht. Im Hintergrund steht ein breiter, mit Fuchspelzen bedeckter Diwan, an der einen Seitenwand ein grosser Tisch, dessen Platte mattpoliert ist. Darauf steht die Bronzestatuette eines jungen Mädchens mit hängenden Händen und kindlich schmalen Knien. Der Kopf, seitlich geneigt, zeigt einen Ausdruck von verschlossener Schwermut.

Das Zimmer scheint nicht bewohnt, es könnte als Ausstellungsraum dienen, aber ebensogut kann man annehmen, es sei noch nicht völlig eingerichtet. Gérald hält sich darin nicht auf, er streift die kleine Bronzegestalt mit einem Blick und sagt: „Hier wird stets gewartet“, was die beiden Knaben nicht verstehen. Sie treten jetzt in Géralds Zimmer ein, das von einer gedämpften Lampe angenehm erleuchtet wird. Es ist sehr gross, ein grauer Teppich bedeckt den Boden, die Wände sind von ebensolchem Grau und von schmalen Holzleisten begrenzt. Auch dieses Zimmer hat wenig Möbel: einen Schreibtisch, der mit Papieren bedeckt ist, gegenüber einen geöffneten Flügel und einen breiten Diwan, ähnlich demjenigen in dem graublauen Zimmer, aber statt mit Pelzen mit mattfarbenen Decken und Kissen versehen. Neben dem Diwan stehen ein niederer, runder Tisch mit Zigaretten und Blumen und einige ebenso niedere, sehr bequeme, mit grauem Sammet überzogene Stühle. Auffallend sind die Bilder, welche in schmalen Holzrahmen in unregelmässiger Verteilung aufgehängt wurden.

Es sind ausschliesslich Photographien von jungen Menschen, Knaben und Mädchen in weissen Kragen, die sich zuerst alle zu gleichen scheinen, als seien sie Geschwister: Ihre Augen sind gross und aufmerksam geöffnet, und ihre Gesichter tragen einen Ausdruck von schmerzlicher Gespanntheit.

Bei näherer Betrachtung erkennt man aber, dass diese Ähnlichkeit nur Täuschung ist oder nur in der Gemeinsamkeit ihrer grossen und rührenden Jugend liegt, vielleicht auch in der aufmerksamen Bereitschaft ihrer Haltung. Einige der jungen Mädchen sind sehr schön, und ihre Züge, madonnenhaft blass, tragen ein Lächeln von beinahe schwermütigem Ernst; ihre Hände sind ebenmässig und frauenhaft, und Bernhard denkt einen Augenblick an die Mutter seines Freundes Hans, die ähnliche Hände hatte, mit weissen und samtenen Flächen.

Andere Photographien sind da: kühn erhobene Gesichter mit sehr hellen und mutigen Stirnen – ihre Augen, gross und strahlend geöffnet, scheinen von der glücklichen Ahnung künftiger Siege erfüllt.

Bernhard weiss nicht, ob es die Köpfe von Knaben oder von Mädchen sind, sie gleichen sich, weil sie denselben Ausdruck frommer und leuchtender Heldenhaftigkeit haben. Ihre Schultern sind schmal und ein wenig nach vorn geneigt, als lauschten sie mit ihren hellen, erhobenen Gesichtern auf eine ferne Verheissung. Diese schmalen Schultern, diese Haltung inbrünstigen Verlangens berührt Bernhard mit verstohlenem Schmerz, er erinnert sich an Gert, dessen Gesicht aber ohne Frommheit war, es stand plötzlich vor ihm wie in leidender Klage.

Einige Kinder haben seltsame Hände, anders als die frauenhaft weissen der Mädchen mit den stillen Madonnengesichtern: grosse, wohlausgebildete Jünglingshände, kräftig anzusehen und dazu bereitet, Werkzeuge zu fassen wie einst die jungen Kreuzritter den Griff ihres Schwertes. Aber wie jene haben auch sie etwas von ekstatischer Bereitschaft, und in ihrer jünglingshaften Glätte und Schlankheit gemahnen sie an die Traurigkeit frühen Leidens, frühen Todes vielleicht.

Vor dem Bild eines sehr jungen und zarten Menschen bleibt Bernhard lange stehen: Auch hier weiss er nicht, ob es das Bild eines Mädchens oder eines Knaben ist, ihm scheint, es müsse ein Knabe sein, obwohl die Züge auffallend weich, ja beinahe konturlos sind. Einzig die blasse, von blondem Haar umgebene Stirn leuchtet in klaren Formen, streng gezeichnete Brauen wölben sich hoch über schönen und dunklen Augen. Von ihnen geht eine seltsame Wirkung aus; wenn man sie lange ansieht, fühlt man sich mahnend angerufen, man lächelt ein wenig, bemüht, ihnen eine freundliche Antwort abzugewinnen, und man wird beinahe verwirrt von so viel kindlich beharrender Eindringlichkeit.

Bernhard, das Antlitz des fremden Kindes betrachtend, wird von Gérald leise an der Schulter berührt. „Vous l'aimez?“ fragt er mit seiner sehr sanften und gedämpften Stimme. Bernhard nickt, ohne sich umzuwenden. Gérald fährt fort und hält noch immer die Hand auf Bernhards Schulter: „Sie könnten der Bruder dieses Mädchens sein. Sie starb im letzten Winter. Sie war dreizehn Jahre alt.“

Beide schweigen einen Augenblick. Dann führt Gérald seinen Gast zu dem niederen runden Tisch, wo der Butler eben im Begriff ist, die Teetassen zu füllen.

Und nun beginnen die beiden Jungen, Charles' Fall vorzulegen, zögernd am Anfang, aber mutiger werdend, als sie Géralds freundliche Aufmerksamkeit gewahren. Charles allerdings ist noch immer erregt, es scheint, dass es ihn grosse Überwindung kostet, mit dem Mann zu sprechen, der ihm nach seiner Ansicht eine so bittere Beleidigung zugefügt hat. Mit leidlicher Klarheit erzählt er die Angelegenheit von Mica, den Zigaretten, die nicht geraucht werden durften, und den kleinen, abscheulich geschminkten Barmädchen. Als Bernhard von seiner Geldverlegenheit in schonender Weise berichtet, erklärt er zornig, es sei keine Schande, Geld verdienen zu müssen, obwohl davon gar nicht die Rede ist. Dann fährt er in seinem Bericht fort, aber je näher er dem eigentlich bedeutungsvollen Moment kommt – der schmerzlichen Beleidigung Géralds –, um so aufgebrachter und gequälter wird seine Stimme. Er redet mit brennenden Augen und trockenem Mund, und seine Hände liegen geballt auf seinen Knien.

Bernhard, der diese qualvolle Bemühung nicht länger ertragen kann, sagt unvermittelt und freundlich: „Es hat Charles sehr beleidigt, dass Sie ihn fortschickten wie einen unwürdigen kleinen Jungen!"

Worauf Charles, weiss vor Erregung und vor Zorn und Scham ganz ausser sich, ihn anschreit: „Du brauchst mich nicht zu beleidigen, ihr braucht mich alle beide nicht zu beleidigen, ich weiss ja, dass Gérald mich nicht schätzt!"

Und er läuft zum Fenster, hält sich mit beiden Händen am Fenstergriff fest und weint laut und ohne Beherrschung, das von Tränen verwüstete Gesicht gegen das kühle Metall gepresst.

„Benehmen Sie sich nicht so schlecht", sagt Gérald. Charles verstummt. Er bleibt regungslos am Fenster stehen, in seiner seltsamen und klagenden Haltung.

„Kommen Sie hierher", fährt Gérald fort, „und versuchen Sie, mir vernünftig zuzuhören." Er weist mit der Hand auf einen Stuhl, der von der Lampe entfernt im Schatten steht. Charles lässt den Fenstergriff los, kommt langsam näher und setzt sich, ohne aufzusehen. Seine Hände sind noch immer geballt.

Gérald, der ihn genau beobachtet, sagt mit einer kühlen und unbeteiligt klingenden Stimme: „Ich werde Ihnen jetzt erklären, warum ich Sie bei Robert nach Hause geschickt habe. Sie sind nervös und erregbar und ein schlechter Schüler. Sie haben die Gewohnheit, ständig nach Abenteuern zu suchen – ich sage: ‚Gewohnheit', weil Sie sich daran *gewöhnt* haben, dies zu tun. Es wäre besser für Sie, in Ruhe zu arbeiten und das Leben in Ruhe entgegenzunehmen. Sie erregen sich und glauben, etwas zu erleben. Bei Robert zum Beispiel ... Sie sind verliebt in Mica. Bleiben Sie sitzen, ich bitte Sie! Sie sind verliebt in Mica; sie ist ein sehr freundliches und schmeichlerisches Wesen, aber sie ist eitel und kindisch und nur auf Zerstreuung bedacht. Es hat keinen Zweck, dass Sie sich mit ihr abgeben. Sie sind ihr noch nicht gewachsen, und Sie würden unnötig leiden. Sie sind zum Leiden veranlagt, Charles. Ich habe das Robert oft gesagt und ihn aufgefordert, Sie nicht mehr einzuladen. Da er darauf nicht einging, schickte ich Sie nach Hause."

Charles antwortet unsicher und beinahe demütig. Er sieht ein, dass er sich getäuscht hat. Gérald wollte ihn nicht beleidigen, sondern er betrachtet ihn wirklich als Kind, als schlechten Schüler, als einen Knaben, der sich in Dinge einmischt, die ihn noch nichts angehen. Das ist beschämend, aber man kann nichts dagegen einwenden, weil es gar keine Verurteilung bedeutet, sondern eine einfache Feststellung.

Charles fühlt jetzt nicht mehr den Mut in sich, Gérald anzuklagen oder sich mit ihm auseinanderzusetzen. Er sagt, Gérald habe ihn blossgestellt und habe ihm die Möglichkeit genommen, sich durchzusetzen. Das klingt wie eine Entschuldigung. Gérald antwortet ihm etwas freundlicher. „Sie konnten sich bei Robert auf keinen Fall durchsetzen", sagt er. „Ausserdem liegt daran gar nichts. Sie überschätzen diese

Leute. Sie überschätzen auch mich. Das sind Minderwertigkeitsgefühle und falsche Wertmassstäbe. Jemandem nicht gewachsen zu sein ist noch keine Niederlage. Die kleinen Barmädchen sind sehr harmlose kleine Mädchen, aber manchmal bin ich ihnen auch nicht gewachsen, weil sie rasch, geschickt und schlagfertig sind und uns immer an unerwarteter Stelle angreifen."

Charles fährt eigensinnig fort: „Aber Mica verachtet mich, weil sie denkt, dass Sie mich nicht schätzen."

„Was liegt denn an Micas Verachtung! Charles, du bist dümmer, als ich gedacht habe. Aber wenn dir wirklich so viel daran liegt, so spiele mindestens nicht mehr den Gekränkten. Geh zu Robert, wenn du Lust hast. Nimm Bernhard mit. Ich will euch nicht bevormunden."

Bernhard kann Gérald nicht ganz begreifen. Warum schickt er sie zu Robert, nachdem er erklärt hat, wie schlecht es für Charles sei, dorthin zu gehen? Warum geht er selbst hin? Liebt er diese Menschen? Und plötzlich denkt Bernhard an die Photographien der jungen Mädchen und Knaben, an diese edel geneigten und schwermütigen Gesichter, an ihre Hände, die voll frommer Bereitschaft sind, und er fühlt sich ihnen nahe, als seien sie seine Geschwister.

Wir werden jetzt die Bildhauerin Christina kennenlernen, eine schöne und phantasievolle Frau, gleich merkwürdig durch ihre Begabung wie durch die verwirrende und schwer zu begreifende Wandlungsfähigkeit ihres Charakters. Sie hat lange in Paris gearbeitet, wo sie beinahe täglich im Musée Rodin zu finden war. Manchmal sass sie stundenlang vor einer Figur des grossen Meisters, ohne nachzudenken, das Gesicht in die Hände gestützt und – wie sie sich ausdrückte – langsam begreifend, was das Geheimnis echter Kunst sei. Sie hatte keinen Lehrer, auch arbeitete sie in keinem Atelier. „Wer soll mich sehen lehren", sagte sie, „und auf das Sehen allein kommt es an."

Sie arbeitete unregelmässig; Tage und Wochen verbrachte sie untätig, planlos umhergehend, schauend: denn ihr konnte die ganze Welt Anblick werden. Sie dachte nicht darüber nach und suchte nicht planvoll die Eindrücke zu ordnen, die sie empfing. Ihr Bewusstsein war in solchen Zeiten vermindert, es drängte sich nicht in den Vordergrund, ihr Denken verlief unbewusst und war nur im Bereich der Formen wach.

Diese aber prägten sich ihr mit erstaunlicher Schärfe ein, ihre Sinne waren auf nichts anderes gerichtet als darauf, aus Häusern, Strassen, Tieren neue Gestalten zu gewinnen, die Gesichter der Menschen behielt sie wie Masken, tragische und heitere, die sie an sich vorübergehen liess, ohne sie zunächst begriffen zu haben. Aber einmal tauchten sie wieder vor ihr auf, dumpf, wie aus Stein gehauen und dem Leben schon ganz entfremdet. Auch dies geschah unbewusst. Christina glaubte die Gesichter in der Erinnerung nicht zu verändern; ahnungslos prägte sie ihnen den Ausdruck einer neuen Seele auf.

Daher kam es, dass ihre Bildwerke eine gewisse Gemeinsamkeit besassen, man konnte sie erkennen, wenn man einige von ihnen mit Aufmerksamkeit betrachtet hatte, aber man bemühte sich vergebens, den Grund ihrer Gemeinsamkeit zu erklären. Christina selbst hätte es als Vorwurf empfunden; sie sagte, sie lasse sich von ihren eigenen Arbeiten nicht beeinflussen, sie beginne jedes Werk so, als sei es ihr erstes. Sie war von ihrem Talent überzeugt, und nicht zu Unrecht. Sie galt als eine der begabtesten Bildhauerinnen der jüngsten Generation.

Dass Christina schön sei, habe ich schon gesagt. Als junges Mädchen war sie jedoch schwer und ohne Anmut, ihre Züge waren rein, beinahe ebenmässig, aber ausdrucksvoll und von dumpfer Melancholie. Sie wurde früher nicht sonderlich beachtet, in der Schule lernte sie schlecht und wurde deshalb, achtzehnjährig, in ein Pensionat in der französischen Schweiz geschickt, doch gab sie sich auch dort keine Mühe, ihre Lehrer zu befriedigen.

Sie lernte einen Maler kennen, den sie oft besuchte, obwohl es ihr verboten wurde. Sie kümmerte sich nie um Verbote und Vorschriften und versuchte auch nicht, es zu verheimlichen. Sie handelte mit einer gewissen Gleichgültigkeit. Wenn man ihr Vorwürfe machte, hörte sie mit Ruhe zu, aber sie schien nichts zu verstehen, sie nahm jedenfalls keine Rücksicht auf das, was ihr gesagt wurde.

Auf diese Weise brachte sie ihre Lehrerinnen beinahe zur Verzweiflung. Zuerst hielten sie Christina für unbegabt, sie dachten, das Mädchen verstehe nicht genügend Französisch, und sie behandelten sie deshalb mit Nachsicht. Aber nach einigen Wochen sahen sie ein, dass Christina nicht verstehen wollte, und sie stellten sie mehrmals zur Rede. Christina, ganz verwundert, erklärte, sie werde sich anstrengen, keine Fehler mehr zu machen, sie wisse aber nicht, was man eigentlich von ihr wolle. Am nächsten Nachmittag, als man die Pensionärinnen zum gemeinsamen Spaziergang rief, war Christina nicht zu finden.

Ihre Zimmergenossin sagte, sie sei gleich nach dem Mittagessen fortgegangen, sie wisse nicht wohin. Die Lehrerin, ausser sich vor Zorn, sagte, sie würde Christina streng bestrafen, und in Zukunft sollten ihre Mitschülerinnen immer melden, wenn Christina ausgehe.

Es war ein angenehmer Frühlingstag, und man ging am Quai spazieren. Dort traf man Christina, die mit einem jungen Mann am Ufer stand und kleine, flache Steine warf. Sie versuchte, die Steine auf der Seefläche springen zu lassen, es gelang ihr gut, und sie lachte vor Vergnügen.

Als sie den Zug der Pensionärinnen sah, schien sie einen Augenblick verlegen zu werden. Gleich darauf machte sie aber ein heiteres Gesicht und grüsste die Lehrerin mit zögernder Unverschämtheit. Die Lehrerin, ohne den jungen Mann zu beachten, sagte ihr mit vor Entrüstung bebender Stimme, sie solle sich anschliessen und sofort nach Hause kommen. Christina schien sich zu ärgern. Sie schüttelte den Kopf und sagte, sie wolle zuerst mit ihrem Bekannten Tee trinken. Die Lehrerin wurde ganz blass und sagte ihr, wenn sie nicht mitkomme, würde man an ihre Eltern schreiben und sie werde das Pensionat sofort verlassen müssen. Worauf Christina gleichgültig die Schultern hob, dem jungen Mann die Hand gab und sich dem Zug anschloss. „Ihr seht aus wie eine Gänseherde“, sagte sie zu dem Mädchen, welches neben ihr ging.

Die Vorsteherin überlegte sich, ob sie Christina wegschikken solle; weil aber alle Lehrerinnen dafür waren, war sie dagegen und nahm Christina sogar in Schutz.

Allgemein galt Christina fortan als der Günstling der Vorsteherin. Man wusste, dass sie abends oft in ihr Privatzimmer gerufen wurde, und die Lehrerinnen überwachten sie deswegen mit eifersüchtigem Hass. Die ruhige und deutliche Gleichgültigkeit des Mädchens brachte sie auf, und ihre Leistungen im Unterricht trugen auch nicht dazu bei, ihr Ansehen zu stärken.

Die Vorsteherin war eine energische Dame, mehr von den Lehrerinnen gefürchtet als von den Schülerinnen. Den Mädchen gegenüber hatte sie eine gewisse Zurückhaltung, die aber nicht streng wirkte. Es sah oft so aus, als müsse sie sich überwinden, um die Kinder nicht durch zu grosses Entgegenkommen zu verwöhnen.

Viele Mädchen schwärmten für sie. Diese behandelte sie mit Zärtlichkeit, liess sie abends zu sich kommen, gab ihnen Tee und Kuchen und strich ihnen übers Haar, wenn sie ihr gute Nacht sagten.

Christina gehörte nicht zu diesem Kreis. Sie liess sogar um sich werben; es hatte oft den Anschein, als versuche die Vorsteherin, Christina mit allen Mitteln für sich zu gewinnen. Wenn sie sie bat, abends in ihr Zimmer zu kommen, empfing sie sie allein, was eine grosse Auszeichnung bedeutete. Sie sagte ihr dann alles, was ihr über Christina zu Ohren gekommen war, sie wiederholte ihr die Klagen und Vorwürfe der Lehrerinnen, die schlechten Noten ihrer Arbeiten, den Verdacht, dass sie heimlich mit dem jungen Mann ausgegangen sei, den man damals am Quai getroffen habe. Dann sagte sie: „Du brauchst aber keine Angst zu haben, Christina. Ich werde dafür sorgen, dass dir nichts geschieht."

Christina sass unbeweglich und mit einem dumpfen Lächeln da, das die Vorsteherin unsicher machte.

„Christina", begann sie wieder, „du solltest mir ein bisschen dankbar sein." Und sie nahm mit einer rührenden Gebärde der Ratlosigkeit Christinas Hand.

Christina, welche gern geliebt wurde, stand auf und setzte sich neben die Vorsteherin auf den Diwan. Aber ihr Gesicht behielt den Ausdruck dumpfer Kälte, der die Vorsteherin ratlos machte.

Man konnte sich überhaupt fragen, wen Christina liebte. Ihre Zimmergenossin war ein kleines, japanisch aussehendes Mädchen, achtzehn Jahre alt, aber mit kindlichen Bewegungen. Zuerst fürchtete sie sich vor Christina, sie verhielt sich in ihrem Zimmer möglichst still und genierte sich beim Waschen und Anziehen. Christina, welche sich nicht um sie kümmerte, sagte eines Abends freundlich zu ihr: „Du kannst dich ruhig ausziehen, Jolie, ich sehe dich sehr gern." Jolie, welche vor dem Waschtisch stand, antwortete nichts, aber sie wurde rot. Christina sah es im Spiegel, der über dem Waschtisch hing. Jolies Verlegenheit war jetzt so gross, dass es im Verkehr der beiden störend wirkte. Sie wich Christina aus, wo sie konnte, ihre Aufgaben machte sie im Klassenzimmer, und abends stellte sie sich schlafend, um nicht mit Christina sprechen zu müssen. Dabei lag sie lange wach; sie lauschte angespannt auf Christina, welche eine kleine Lampe neben ihrem Bett hatte und oft bis Mitternacht las. Wenn sie das Licht löschte, schlief sie sofort ein, Jolie hörte ihre regelmässigen Atemzüge.

Einmal, als Jolie wieder vorgab zu schlafen und dabei zwischen halbgeöffneten Lidern Christina betrachtete, sah sie plötzlich Christinas Blick auf sich gerichtet. Sie schloss rasch die Augen und wagte nicht, sich zu bewegen.

„Jolie", sagte Christina, „warum gibst du dir solche Mühe gegen mich?" Jolie öffnete die Augen, wich aber Christinas Blick aus. „Du genierst dich also immer noch vor mir?" fuhr Christina fort. „Weisst du, dass ich es gar nicht nett finde, mit jemandem zusammen zu sein, der mich nicht leiden kann?"

Jolie, ganz betroffen, erhob sich und sagte, es sei nicht wahr, dass sie Christina nicht ausstehen könne. Ihre Stimme war leise und sehr verlegen.

Leichthin sagte Christina: „Dann liebst du mich vielleicht?" und schwieg darauf ziemlich lange. Jolie wagte keine Antwort. Endlich sah Christina sie wieder an. „Komm einmal her", sagte sie, „wir wollen vernünftig miteinander sprechen." Jolie gehorchte eilig und setzte sich auf den Rand von Christinas Bett. Christina fragte sie noch einmal: „Liebst du mich vielleicht?" und als Jolie nickte, streichelte sie sie freundlich und sagte, Jolie hätte ihr das schon lange erzählen können.

Von nun an behandelte sie das japanische Mädchen mit sanfter Herablassung, sie gab ihr viele Aufträge, nahm sie auf Spaziergänge mit und stellte ihr auch den jungen Maler Alfred vor, den sie oft besuchte. Er malte abscheuliche Bilder, deren Farben schreiend nebeneinander standen. Es lag eine gewisse Grausamkeit darin, solches zu wagen: Eine rücksichtslose Seele verriet sich. Christina schien Alfred sehr zu lieben, sie verehrte ihn sogar, und er pflegte diese Verehrung, weil er Christina gern besitzen wollte. Er war geistreich, wortgewandt, vielseitig und überlegen, dabei freundschaftlich und vertraulich vom ersten Tage an. Es gelang ihm, sich bei Christina unentbehrlich zu machen.

Er schätzte sie sehr, und er war es auch, der zuerst ihr Talent entdeckte. Sie sprach selten über die Bilder und Zeichnungen, die sie bei ihm sah, aber sie beobachtete mit leidenschaftlichem Interesse. Das fiel ihm auf, weil sie gewöhnlich einen unbeteiligten Eindruck machte, beim Anschauen verdichteten sich aber ihre Züge zu einer seltenen Konzentriertheit, ihr Bewusstsein schien sich zu vermindern, die ganze Welt wurde ihr „Anblick".

Als der Maler sie fragte, ob sie selbst schon Zeichnungen gemacht habe, sagte sie, Zeichnungen und Bilder liebe sie nicht, wohl aber Figuren, geformte Körper, Hände und Gesichter. Sie habe schon viele Masken gemacht, auch Hände, was aber nicht ganz leicht sei.

Alfred fragte, ob sie ihm etwas davon zeigen wolle, aber sie hatte nichts mitgenommen, und im Pensionat arbeitete sie nicht.

„Mein Bruder ist viel begabter als ich", sagte sie, „er wird Maler werden. Er ist zweiundzwanzig Jahre alt, aber er macht sehr schöne Sachen, besonders Zeichnungen. Ich will lieber nicht mit ihm in Konkurrenz treten, ausserdem sagt er, ich könne ja nicht zeichnen, und das sei die Grundlage, wenn ich Bildhauerin werden wolle."

Alfred schlug ihr vor, manchmal mit ihr zu arbeiten. Sie war sehr glücklich darüber und überraschte ihn durch eine ausgesprochene Begabung. Sie arbeitete mit erstaunlicher Raschheit, liess sich vieles von ihm erklären und war begierig, sein Urteil zu hören. Alfred war, wie sie später sagte, ihr einziger Lehrer.

Er war sehr verliebt in Christina. Er war an sie gewöhnt und dachte nie daran, dass sie ihn verlassen könnte. Als sie ihm einmal erklärte, dass sie nur noch zwei Monate im Pensionat bleibe, war er ganz ausser sich und sagte, er würde das nicht ertragen. Sie lachte und sagte: „Was hast du denn von mir?"

Er sah sie an wie in stummer Wut und mit gesenktem Kopf. „Es ist ja gut, dass du es nicht weisst", sagte er aufgebracht, „ich gebe mir Mühe um dich wie um keinen anderen Menschen, Christina!"

Sie stand auf, wie sie es bei der Pensionatsvorsteherin getan hatte, und setzte sich neben ihn. Er war sehr erregt und versuchte ihre Hände zu küssen, worauf sie ihm mit einem Ausdruck dumpfer Kälte das Gesicht zuwandte und ihn auf den Mund küsste.

Es wurde entdeckt, dass Christina Jolie ins Atelier mitnahm, und man rief Jolie eines Tages in das Zimmer der Vorsteherin. Alle Lehrerinnen waren da, und Jolie, welche vor Angst zitterte, wurde lange und streng verhört. „Sie sollten mit Christina nicht verkehren", sagte man ihr, „sie übt einen sehr schlechten und gefährlichen Einfluss aus."

Jolie stand mit gesenkten Augen im Rahmen des Fensters, ihr kleines japanisches Gesicht war von unbeweglicher Wohlerzogenheit. Sie wagte nicht zu sprechen, weil sie wusste, dass ihre Stimme zittern würde. Die Lehrerinnen fuhren fort: „Sie werden von heute an in einem anderen Zimmer schlafen, auch wird es Ihnen nicht mehr erlaubt sein, mit Christina zu arbeiten."

Jolie zitterte noch mehr, aber sie sagte nichts und schlug die Augen nicht auf. „Sind Sie damit einverstanden?" fragte die Stimme der Vorsteherin neben ihr, „sagen Sie uns, ob Sie sich genau an unsere Vorschriften halten wollen!" Jolie schüttelte lautlos den Kopf. Sie wünschte in diesem Augenblick sehnlichst, Christina zu sehen, und sie begriff nichts anderes, als dass man sie von ihr trennen wollte.

„Aber Jolie", sagte wieder die Vorsteherin neben ihr, „verstehen Sie denn nicht, dass wir Ihnen Gelegenheit geben wollen, Ihre Fehler wieder gut zu machen? Sie haben sich sehr schwer vergangen, Jolie, und Sie müssen froh sein, dass wir nicht Ihren Eltern Bescheid geben!"

Jolie sah sie sanft erstaunt an. „Ich liebe aber Christina", sagte sie, „und ich möchte gern in ihrem Zimmer bleiben." Sie stellte die Geduld ihrer Lehrerinnen auf eine harte Probe. Jemand murmelte etwas von Christinas verderblichem Einfluss, und die Vorsteherin erklärte scharf, Jolie solle sich sofort und eindeutig entscheiden.

Jolie öffnete plötzlich die schmalen japanischen Augen ganz weit, man wusste nicht genau, ob es Angst oder Zorn war, was so flammend daraus hervorsprang, sie hielt sich mit den kleinen Händen am Fensterbrett und sagte hart und laut: „Ich liebe aber Christina." Und dann wiederholte sie, ihre Stimme war hoch und von aufkommendem Schluchzen ganz erstickt: „Ich liebe aber Christina, ich liebe aber Christina!"

Ohne zu klopfen trat in diesem Augenblick Christina ein. Sie ging rasch auf Jolie zu, schob sie an den Schultern etwas nach vorn und blieb dann hinter ihr stehen. Sie war viel grösser als Jolie, und neben ihr sah sie beinahe jünglingshaft aus. Ihr etwas zu schwerer Körper schien sich zu straffen, eine schöne Sicherheit gab ihrem ebenmässigen Gesicht etwas von unbezwinglicher Überzeugungskraft.

Die Vorsteherin war vor Zorn dunkelrot geworden. „Wie kommen Sie hierher“, sagte sie heiser und sehr leise, „Sie haben wohl an der Tür gelauscht?“

Christina, welche sich zu Jolie neigte, hob einen Augenblick den Kopf. „Natürlich habe ich gelauscht“, sagte sie, „ich wusste ja, dass es etwas geben würde!“

Die Lehrerinnen sahen aus, als wollten sie von ihren Stühlen aufspringen, sprachlos starrten sie die Vorsteherin an, welche mit ihrem dunkelroten und traurig verwirrten Gesicht vor dem Schreibtisch stand. Christina stand jetzt gerade vor ihr. „Sie werden Jolie nicht bestrafen“, sagte sie, „Sie wissen sehr gut, dass Sie sich lächerlich machen würden.“ Ihre Stimme war freundlich und ein wenig gleichgültig, aber sie sah die Vorsteherin unablässig an, was rücksichtslos und höhnisch wirkte. Dann wandte sie sich um und sagte zu Jolie, sie solle mit ihr gehen. „Alles andere werde ich schon in Ordnung bringen“, sagte sie sanft und legte die Hand auf Jolies Nacken.

Es wurde ihr nichts entgegnet, die Lehrerinnen folgten ihr mit den Augen, bis die Tür geschlossen war. Sie schwiegen alle aus Mitleid mit ihrer Vorsteherin.

Das war am Schluss von Christinas Pensionatszeit. Während der letzten Tage ihres Aufenthaltes kam Ines an; sie lernten sich nur flüchtig kennen, Christina war meistens bei Alfred und wurde im Pensionat nicht mehr beachtet. Natürlich erzählte man Ines alles, was man von ihr wusste, auch die Geschichte Jolies erfuhr sie, doch Jolie war schon fort, ihre Mutter hatte sie abgeholt.

Ines interessierte sich für Christina, sie war erstaunt, dass man sie für hochmütig und schlecht hielt, und sie wünschte sehr, sie näher zu kennen. Einmal ging sie auch in Christinas Zimmer, es war schon halb ausgeräumt, die Koffer standen vor der Tür.

„Du hättest einige Wochen früher kommen sollen", sagte Christina zu ihr.

Ines war traurig. Die Mädchen im Pensionat gefielen ihr nicht. Diese hier, welche gross und klug schien, würde an einem der nächsten Tage fortfahren. „Sie waren ja nicht allein", sagte sie zu Christina, „Sie hatten ja Jolie."

Christina nickte. „Ein sehr reizendes Kind. Aber es ist trotzdem schade, dass du nicht früher gekommen bist. Ich mag deine Art zu sprechen so gern."

Ines war plötzlich beunruhigt. In Christinas gleichgültiger Stimme schwang etwas mit, was sie als gefährlich empfand: eine sanfte und leidenschaftliche Werbung. Und ebenso waren auch Christinas Hände, gross und weiss und ganz ruhig auf dem dunklen Tuch ihres Kleides liegend, und dennoch anziehend, man meinte, man müsse sich über sie neigen, um sie zu küssen.

Ines richtete sich auf, sie war benommen und leise verwirrt von ihren Gedanken. Sie sah, dass Christina erstaunt die Augenlider hob, und fühlte sich von ihr durchschaut.

Christina fuhr nach Paris. Sie lebte dort zuerst mit Alfred, der sie heiraten wollte und dessen rücksichtslose Art sie störte. Er tat, als gehöre sie ihm, aber Christina fand das lächerlich, sie war jetzt von ihrer Arbeit ganz ergriffen, sie wollte allein sein, die Nähe von Menschen belästigte sie, ihr Gefühl ging auf in Formen, die Entdeckung ihres Talentes durchströmte sie mit einem neuen und brennenden Gefühl.

Als sie allein war, kam ihr Bruder zu ihr, derselbe, vor dessen grösserer Begabung sie sich früher gefürchtet hatte.

Es war ein seltsames Zusammentreffen: Früher waren sie sehr verschieden gewesen, denn Leon war schon als Knabe gerade und schlank und von eindringlicher Schönheit, während Christina schwer und ohne Anmut war. Jetzt aber glichen sie sich in erstaunlichem Mass, sie hatten grosse und jüngslingshafte Gebärden, ihre Gesichter waren weiss und von ebenmässiger Schönheit. Dabei besass auch Leon jene gleichgültige Kälte, welche Unbehagen und Verwirrung weckte.

Leon war zarter als seine Schwester. Sein schwarzes Haar liess ihn sehr blass erscheinen, seine Augen waren dunkel. In der Erinnerung glaubte man, sie seien grau. Wenn er sprach, hatte er die Gewohnheit, die Augenbrauen hochzuziehen, was einen hochmütigen und gelangweilten Eindruck machte. Die klaren Linien seines Gesichts waren, wie ich das schon von seiner Schwester sagte, beinahe zu ebenmässig; wenn er unbeobachtet war, nahmen sie einen Ausdruck dumpfer Trauer an. Es gab Photographien von Leon, auf welchen man ihn für ein Mädchen halten konnte: Seine klaren Züge verwischten sich leicht zu eben jener dumpfen Melancholie, die gar nicht zu seiner sonstigen Sicherheit und Bestimmtheit passte. Seine grossen, weissen Hände glichen denen Christinas, sie waren kühl und ausdrucksvoll und ohne Nervosität.

Wenn man die Geschwister zusammen sah, hielt man Leon für den jüngeren, obwohl er schon dreiundzwanzig Jahre alt war und Christina erst zwanzig.

Leon blieb einige Wochen in Paris. In dieser Zeit entdeckten sie, dass sie sich ähnlich waren und dass sie sich in erstaunlicher Weise verstanden. Sie gewöhnten sich daran, abends zusammen auszugehen, über ihre Arbeiten zu sprechen und sich gegenseitig ihre Erfahrungen mitzuteilen. Christina war damals allein, wie gesagt war sie von ihrer Arbeit ganz ergriffen, und die Nähe von Menschen störte sie. Leon hingegen, welcher in einem Atelier zeichnete, hatte einen Kreis junger Künstler um sich versammelt, er arbeitete selten und vergnügte sich bei Atelierfesten, in Bars und Tanzlokalen. Paris gefiel ihm gut, die Frauen allerdings widerten ihn an, er fand sie aufdringlich und reizlos. Die Französinnen besonders schienen ihm durchaus minderwertig, ihre kleinen, lebhaften und zu hohen Stimmen ärgerten ihn, er konnte sich mit ihnen nicht unterhalten. Von den vielen Mädchen aus Serbien und Rumänien sagte er, sie seien ohne Originalität.

Es war hier noch Sitte, dass die jungen Künstler ihre Modelle anschwärmten, man sass mit ihnen in schmutzigen Ateliers und machte auf Petroleumflammen kleine Pfannkuchen, welche „Crêpe Suzette" hiessen und nach verbranntem Zucker schmeckten. Über dem Ganzen lag ein alt gewordener Zauber von Boheme und romantischem Dasein.

Leon liebte diese Atmosphäre nicht; er fürchtete immer, die Leute könnten melancholisch werden, und er hatte Lust, in lautes Gelächter auszubrechen, wenn er die im Halbdunkel sitzenden Paare sah.

In der Coupole erzählte man ihm von Alfred. Man sagte ihm, dass dort die schönsten Jünglinge und Mädchen von ganz Paris zu finden seien, ausserdem sei Gérald da, der ihn interessieren würde.

Leon ging an mehreren Abenden zu Alfred, ohne Gérald zu treffen. Er erzählte Christina, auch dort seien nur widerliche Mädchen zu finden, die jungen Männer aber seien geistreich und begabt, man könne sich gut mit ihnen unterhalten.

Er selbst fiel auf, er war schön und bestechend, man warb um ihn und wunderte sich über seine Kälte. Einzig mit der Rumänin Mica liess er sich ein; sie umschmeichelte ihn wie ein Katze, und man dachte, er würde sie ebenso verachten wie alle anderen. Aber sie gefiel ihm, sie war hübsch, und zuweilen zeigte sie eine natürliche Leidenschaftlichkeit, die ihm Eindruck machte. Christina fand es geschmacklos von ihm, aber eigentlich war es ihr gleichgültig. Sie schlug ihm mehrmals vor, er solle abends mit Mica oder mit seinen Freunden ausgehen; sie war daran gewöhnt, allein zu sein. Aber Leon bestand darauf, sie zu treffen. Er kam gegen acht Uhr und sah ihre Arbeiten an, sie redeten wenig zusammen, er wartete im Atelier, während sie sich anzog, und durch die offene Tür rief er ihr Bemerkungen zu, die sie laut beantwortete. In den Restaurants fielen sie auf, sogar auf der Strasse wendeten sich die Leute nach ihnen um. Sie waren grösser als die meisten Franzosen; sie hatten eine bestimmte Art zu gehen, eine Sicherheit verriet sich darin, welche aufreizend wirkte.

Beim Essen beobachteten sie die Leute und machten ziemlich laute Bemerkungen. Besonders unter Fremden fühlten sie ihre Verwandtschaft.

Bevor Leon nach Deutschland zurückfuhr, riet er Christina, ihre Sachen auszustellen. Sie tat es wenige Monate später, in einem Parterresaal der Rue Bonaparte.

Ihre Arbeiten hatten grossen Erfolg, besonders die Masken fielen auf, die, in einer langen Reihe nebeneinander, eine ganze Wand füllten. Sie waren dumpf, wie aus Stein gehauen, und wiesen alle eine Gemeinsamkeit auf, die sich nicht erklären liess.

Durch diese Ausstellung wurde Christinas Ruf begründet.

Ines schrieb an Christina, ihr Freund Bernhard würde nach Paris kommen, er sei dort allein und ohne Freunde, und Christina solle sich seiner annehmen. Bernhard kam eines Tages zu ihr, er war schüchtern und wohlerzogen und brachte ihr Blumen.

Christina, die ihn hübsch fand, war sehr freundlich zu ihm, sie behandelte ihn wie ein Kind und mit zärtlicher Verwöhnung. Bernhard sprach von Gérald, Charles und Mica und dann auch von Betsy und dem greulichen Affen Knaggy. Christina lachte sehr, sie sagte, sie würde Gérald und alle Freunde Bernhards kennenlernen, wenn sie dazu Zeit hätte. Jetzt aber müsse sie nach Deutschland fahren, sie wolle mit ihrem Bruder Leon eine Ausstellung machen, in München zunächst, später in Köln, vielleicht in Berlin. Bernhard, der von Christina ganz bezaubert war, fand dies alles betrübend, er begann dann von Deutschland zu sprechen, von der Schule, von zu Hause, von seiner kleinen Schwester Moni mit dem süssen Mund, und endlich auch von Gert und Ines.

„Wer ist Gert", fragte Christina, „ich glaube, ich besitze eine Photographie von euch beiden in einem kleinen Auto, mit einem Hund zwischen den Knien." Bernhard bestätigte strahlend; er ereiferte sich, beschrieb Gerts Wagen und den weissen Hund Flock, der so leicht schmutzig wurde, obwohl Ines sich grosse Mühe mit ihm gab ... Christina suchte inzwischen auf ihrem Schreibtisch die Photographie, die Ines ihr geschickt hatte. Es war ein hübsches Bild, Gert und Bernhard hielten sich umschlungen und sahen lachend über Flock hinweg, der sich an ihre Knie drängte.

Gert sah aus wie ein Knabe, in der Hand hielt er ein Taschentuch, das er wie eine Fahne schwenkte, und sein Haar wehte verwirrt über der hellen Stirn.

„Das ist der Junge, mit dem Ines sich verheiraten will?" fragte Christina.

„Wie können Sie das glauben", sagte Bernhard verächtlich, „es ist ja gar nicht denkbar, dass Gert eine Frau hat!"

„Warum ist das nicht denkbar?"

„Sie können es sicher nicht begreifen, weil Sie Gert nicht kennen. Aber er muss sehr viele Menschen haben, er ist unruhig und unsicher, und er hat Freude an Abenteuern."

Bernhard wusste nicht, warum er sagte, Gert müsse viele Menschen haben. Seine Äusserung machte ihn sogar verlegen, Christina würde ihn vielleicht missverstehen. Sie würde wohl denken, Gert liebe Ines nicht, oder er sei ihr nicht treu.

Dies aber war ein lächerlicher Begriff, und Bernhard empfand ihn wie eine Beleidigung für Ines. Er sprach sonst nie über Gert und Ines. Charles zum Beispiel kannte kaum ihre Namen, nur mit Gérald hatte er einmal von ihnen gesprochen. Jetzt machte es ihm Mühe, alles, was er für Gert und Ines empfand, in eine vernünftige Form zu bringen, er konnte ihre Namen nicht aussprechen, ohne von Heimweh ergriffen zu werden, und bei Christina war er ohnehin schon weich und ohne rechten Widerstand. Jetzt hatte er Angst,

Gert preiszugeben – um Gert musste man immer Angst haben, er war ein merkwürdiger Mensch, er hatte eine Menge Eigenschaften, über die sich nicht sprechen liess, weil jemand, der ihn nicht kannte, glauben würde, er sei unzuverlässig und schwach.

Und Bernhard wusste doch, dass man Gert lieben musste und dass an ihm nichts auszusetzen war.

„Ich glaube wirklich, dass Sie mich nicht verstehen", sagte er leise, „aber wenn Gert Ines heiratet, so ist es, weil er immer Hilfe nötig hat, vielleicht kann er nicht ohne Ines leben."

„Sie meinen also, er wird Ines unglücklich machen?"

Christina hatte ihn also doch richtig verstanden. Tief atmend sagte Bernhard: „Gert liebt uns sehr, er kann niemanden mehr lieben als Ines und mich."

„Sehnen Sie sich nach ihm?"

„O ja. Aber Ines schreibt mir, dass er jetzt keine Zeit habe, zu mir zu kommen."

„Ich werde vielleicht einige Tage bei Ines wohnen. Dann will ich mit ihr sprechen, damit Gert Sie besuchen kann."

„Sprechen Sie lieber nicht darüber."

„Warum denn nicht, Sie komischer Junge?"

Bernhard findet keine Antwort. Er will aber nicht, dass Ines schlecht von ihm denkt, sie soll nicht glauben, es brauche eine Vermittlung zwischen ihnen. Und sie soll nicht glauben, er habe Gert preisgegeben.

„Sie würden mich nicht verstehen", sagte er zu Christina.

Sie denkt: Er sagt mir das schon zum drittenmal, aber sie ist nicht beleidigt.

Vor Christinas Abreise gibt es viele Feste, zu denen Bernhard mitgenommen wird, obwohl er die meisten ihrer Freunde nicht kennt. „Was machst du heute abend“, fragt sie ihn, wenn er zu ihr kommt.

Er muss üben oder mit Betsy Lieder einstudieren.

„Ist es die Dame mit dem greulichen Affen? Ich werde ihr telephonieren, dass du krank bist.“ Dann ruft Christina ihre Freunde an. „Ich habe hier den Knaben Bernhard“, sagt sie, „er ist blond und hübsch und trägt einen braunen Anzug. Kann ich ihn mitbringen?“

Alle Leute nennen ihn „l’enfant Bernard“ und sind freundlich zu ihm, und er bewegt sich zwischen ihnen mit seinem gewinnenden und sanften Lächeln.

Bernhard liegt vor dem Feuer in Géralds Zimmer, das mattgraue Wände mit schmalen Holzleisten hat und einen Teppich, in welchem die Schritte lautlos versinken. An den Wänden hängen die Bilder von Knaben und Mädchen mit erhobenen Gesichtern, die einen Ausdruck von frommer und leuchtender Heldenhaftigkeit haben. Das kleine Mädchen aber, welches mit dreizehn gestorben ist, hat eine weisse Stirn und blonde Haare, seine Augen sind weit geöffnet, und sein Mund ist von weicher und bezaubernder Süsse.

Bernhard kommt zu Gérald, wenn er müde ist. Es besteht eine stille Vereinbarung zwischen ihnen, dass Gérald an gewissen Abenden der Woche zu Hause ist, und dass Bernhard kommen kann, ohne vorher zu fragen.

Es ist sehr still in Géralds Wohnung, das Licht ist angenehm gedämpft, die Schatten bewegen sich langsam und gross auf den Wänden. Wenn Bernhard den Kopf dreht, sieht er Gérald, der an seinem Arbeitstisch sitzt. Er schreibt, und sein Gesicht hat einen angespannten Ausdruck. Sobald Bernhard ihn ansieht, hebt auch Gérald die Augen, und sie lächeln sich zu. Manchmal steht Gérald auf und setzt sich neben Bernhard.

„Du bist sehr müde?“ fragt er ihn. „Du musst vorsichtig sein, Bernhard. Du darfst nicht krank werden.“ Und er legt seine Hand auf Bernhards Haar. „Übst du denn so viel?“

„Nein, das ist es nicht. Ich war bei Alfred.“

„Du gehst oft dorthin, nicht wahr? Du kommst dann spät nach Hause und kannst nicht genug schlafen!“

„Das ist es nicht. Aber ich muss ja hingehen wegen Mica. Sie wissen nicht, wie unglücklich Mica ist, seitdem man Charles fortgeschickt hat.“

Denn diesmal wurde Charles wirklich nach Hause geschickt. Er hat die Schule verlassen müssen. Bevor er fortfuhr, weinte er und sagte, immerfort schluchzend, er wolle jetzt nach Amerika gehen. Mit Gérald hat er sich nicht ausgesöhnt; er war tief verletzt und trotzig und glaubte, er würde Gérald kränken, wenn er oft zu Alfred ging. Bernhard begleitete ihn manchmal, er befreundete sich mit einem Saxophonspieler, den er dort traf. Er war Russe, und beim Tango spielte er Handharmonika. Er hatte ein sanftes Gesicht und sprach mit wehmütig singender Stimme. Wenn Bernhard mit ihm redete, lächelte er stets entgegenkommend und neigte sich ihm mit rührender Aufmerksamkeit zu.

Sie sassen den ganzen Abend in einer Ecke, und der junge Russe trank sehr viel. Er schien aber nicht betrunken zu werden, er sagte, es tue ihm gut: „Man kommt in einen leisen Traum“, sagte er, „die Wände lösen sich auf, man sieht die grosse Ebene und man vereinigt sich mit allen Menschen.“

Und er lächelte Bernhard an und streichelte seine Hand.

Charles hingegen führte sich immer schlecht auf, er schrie mit lauter Stimme, zweifellos glaubte er, man würde ihn dann mehr beachten. Mica machte sich lustig über ihn, und Alfred sagte ihm zornig, er dürfe nicht mehr kommen. Aber Charles kümmerte sich nicht darum und zeigte ein unerträgliches und rücksichtsloses Wesen.

Bernhard hatte Mitleid mit ihm, er rief ihn manchmal und sagte ihm, er wolle mit Mica sprechen.

Aber Mica, die es hörte, lachte nur; sie sagte, sie wisse schon, dass Charles sie liebe, sie aber liebe ihn nicht, er sei zu jung und zu laut, sie könne das nicht aushalten. Dabei betrachtete sie ihn herausfordernd.

Aber einmal kam sie doch mit ihm nach Hause. Bernhard lag schon in seinem Bett, er hörte sie die Treppe heraufkommen, und in Charles' Zimmer machten sie grossen Lärm. Bernhard fürchtete, Madame Dubois könne sie hören, und obwohl es ihm unangenehm war, schlich er sich hinüber, um sie zu warnen.

Sie sassen sich an Charles' Tisch gegenüber und tranken Wein aus einer Flasche, welche Charles in der Hand hielt. Mica war im Abendkleid, ihre nackten Schultern froren, ihre mageren Arme waren auffallend weiss. Charles sass mit aufgestützten Armen da und sah sehr vergnügt aus, und als Bernhard eintrat, lachten sie beide laut und ausgelassen. Sie wollten ihm einen Stuhl anbieten, es waren aber nur zwei vorhanden, und Bernhard setzte sich auf Charles' Bett. „Ihr solltet ein bisschen leiser sein", sagte er flüsternd, „sonst hört euch Madame Dubois." Sie verstummten beide und sahen sich an. Dann schlich Mica auf Zehenspitzen zum Waschtisch, nahm das Wasserglas und füllte es mit Wein. Sie brachte es Bernhard und blieb neben ihm stehen, während er trank. Sie schlang einen Arm um seinen Hals und sagte: „Du siehst aus wie ein ganz kleiner Knabe, Bernhard.“ Dann setzte sie sich wieder an den Tisch, Charles gegenüber, und Bernhard betrachtete verwundert das seltsame Paar.

„Also, gute Nacht“, sagte er schliesslich, „geh nicht zu spät weg, Mica.“ Und er wiederholte eindringlich: „Seid vorsichtig, nicht wahr!“

Am nächsten Morgen ging er zu Charles, um ihn zu wekken. Er tat das jeden Morgen, weil Charles sonst zu spät in die Schule kam.

Das Zimmer war noch in grosser Unordnung, die leere Weinflasche stand auf dem Boden, daneben lagen einige von Charles' Heften, Kleider waren auf den Stühlen verstreut.

Am Tisch sass Charles. Er war vollständig angezogen und hielt die grossen Hände gefaltet, er schien nachzudenken. Als Bernhard eintrat, hob er sein Gesicht und lächelte. Das fiel Bernhard auf, denn Charles lächelte nicht oft, er schien meistens aufgebracht und zornig.

„Guten Morgen, Charles“, sagte Bernhard. „Du bist ja schon fertig heute!“ Charles antwortete nicht darauf. Er hielt noch immer die Hände gefaltet und lächelte. Endlich sagte er: „Ich glaube, ich werde ein glücklicher Mensch sein. Ich glaube, dass Mica mich liebt.“

Dann aber gab es grossen Krach. Madame Dubois hatte Charles erfolglos gewarnt und ging darum zu seinem Direktor, der ihn in ein strenges Verhör nahm. Man wusste, dass er oft bei Alfred war, und viele andere Vorwürfe kamen hinzu. Nach wenigen Tagen wurde ihm gesagt, er brauche nicht mehr in die Schule zu kommen, ein zorniges Telegramm seines Vaters traf ein, und gleich darauf folgte ein Brief, worin stand, dass Charles sofort nach Hause kommen müsse.

Charles packte seinen Koffer und weinte dabei laut wie ein Kind. Madame Dubois, die gekommen war, um ihm zu helfen, weinte ebenfalls; sie versicherte, sie habe nicht gewusst, dass es so schlimme Folgen haben würde, sonst wäre sie nicht zum Direktor gegangen. Und Bernhard versuchte vergeblich, sie zu trösten.

Er brachte Charles an die Bahn, sie gingen nebeneinander und trugen zu zweit die schwere Handtasche durch die Bahnhofshalle. Charles sagte mehrmals, er danke Bernhard für seine Freundschaft, und sein Gesicht war von Tränen ganz zerstört. Das erinnerte Bernhard an die Szene bei Gérald; damals stand Charles am Fenster und hielt das Gesicht schluchzend gegen den kühlen Griff gepresst.

Als der Zug sich in Bewegung setzte, lehnte sich Charles plötzlich weit vor und rief: „Ich werde jetzt nach Amerika fahren“, und noch lange winkte er mit beiden Händen.

Gert schreibt an Bernhard: „Liebes Berchen! Wundere Dich nicht, wenn ich eines Tages bei Dir ankomme, ich habe vor, Ferien zu machen und diese unerträglich langweilige Stadt zu verlassen. Unsinn, nicht deshalb natürlich, sondern um Dich wiederzusehen. Christina sagt, Du würdest Dich darüber freuen, aber Christina sagt vieles, und sie liebt Dich wie alle, das ist man schon gewöhnt. Sie sagt auch, Du seiest blass, und wir bitten Dich, vernünftig zu sein und genug zu schlafen. Was werde ich mit Dir anfangen, Berchen, lieber Geselle.“ Gert überliest mit gerunzelter Stirn. Lieber Geselle, denkt er, wo habe ich das gehört. Im Jedermann vielleicht, ein guter Einfall, aber nicht von mir.

Er zerreisst den Brief und beginnt von neuem.

„Seitdem Du fort bist, habe ich keine anständige Zeichnung mehr gemacht, ich habe angefangen zu studieren (siehst Du mich mit Tintenklecks und Römischem Recht?). Auch Ines fand, es sei gut für mich. Aber ich kann es nicht tun, lach nicht, es ist mein Ernst, ich bin zu dumm, ich habe keine Geduld, Bücher zu lesen und Professoren auf den langweiligen Mund zu schauen. Man müsste besonders begabt sein, um an ihnen Vergnügen zu finden, ausserdem macht es sich schlecht, im Kolleg zu zeichnen. Wenn Du willst, komme ich zu Dir: Wir werden Auto fahren, wohin Du Lust hast, ich glaube, der Horizont war Dein ersehntes Ziel, also beeilen wir uns. Berchen, Du hast ja keine Ahnung davon, Dir geht es gut, wie sollte es anders sein, mir geht es schlecht, einfach gesprochen, aber kein Grund zur Klage, selbstverschuldet, unentschlossen, grob gegen Ines, leicht beleidigt, zuviel Wind auf der Strasse, Du weisst schon. Aber Ines ist wunderbar, unvergleichlich, niemals so heftig wie Christina. Magst Du Christina, das ist nichts für Dich, sie würde Dich bloss erschrecken. Also Schluss davon, und Kuss von Ines, auch sie sehnt sich nach Dir, Du verwöhntes Kind, aber nicht so sehr wie ich."

Gert knüllt das Blatt zusammen und schleudert es ins Zimmer hinein, es fällt mit einem leise knitternden Geräusch zu Boden. Er wird denken, ich sei betrunken, denkt er, es ist unanständig, man kann ihm keine solchen Briefe schreiben! Und er beginnt zum drittenmal ...

Ines und Christina kommen von einer Autofahrt zurück.

Flock reisst an der Leine und stürzt laut bellend auf Gert zu. Ines ruft ihm, schweig doch, du tolles Tier, und er duckt sich winselnd und berührt mit der Schnauze Gerts Knie.

Christina sieht in seine Papiere. „Ich dachte, Sie arbeiten", sagt sie, „aber Briefe an den Knaben Bernhard gehen vor! Wir haben eine schöne Fahrt gemacht, vorzüglich sitzt man in Ihrem Wagen, beinahe hätten wir einen Ochsen überfahren, und an der letzten Ecke drohte ein fürchterlicher Zusammenstoss. Keine Ursache zu Angst, bitte, Ihr Wagen steht unversehrt vor der Tür! Kommen Sie mit uns Tee trinken, Sie fleissiger Mann?"

Ines, die neben der Tür stehengeblieben ist, sagt mit einer Stimme, die neben der Christinas dunkel und gedämpft erscheint: „Komm nur mit, Gert, es wird dir guttun."

Sie sitzen an einem kleinen Tisch, Gert und Ines nebeneinander, ihnen gegenüber, ein wenig abgerückt und mit dem Rücken gegen die Tanzenden, Christina. „Wenn ich euch Geschwisterliche einmal trennen darf", sagt sie, „so würde ich gern mit Gert tanzen." Sie erheben sich, und Ines sieht ihnen nach, wie sie sich langsam und gemessen an den Tischen vorbeibewegen, Christina dunkel und gross neben der schmalen Gestalt ihres Freundes.

„Ich habe Ihnen etwas mitgebracht", sagt Christina zu Gert, „ein Bild von meinem Bruder Leon." Sie kommen an Ines vorbei und lächeln ihr zu. „Sie ist schön", sagt Christina. Gert nickt. Dann fragt er: „Werde ich Leon kennenlernen?"

„Wenn Sie wollen, gewiss." Christina, die mit dem linken Arm seinen Nacken umschlungen hat, presst sich einen Augenblick an ihn.

Beim nächsten Tango wird Christina von einem Bekannten von Gert aufgefordert. Ines tanzt mit Gert; sie sind aneinander gewöhnt, ihre Bewegungen sind weich und wie getragen, sie schmiegen sich aneinander, so dass ihre Gesichter sich beinahe berühren.

„Was hast du heute", fragt Ines leise.

„Nichts. Die Arbeit hat mich gelangweilt."

„Setz ein paar Tage aus und versuche zu zeichnen."

„Das hilft nichts. Kennst du Christinas Bruder?"

„Warum fragst du? Ich habe ihn einmal gesehen. Ein grosser, schöner Mensch, begabt und kalt. Er gleicht Christina."

Sie tanzen schweigend. Ines hat die Augen gesenkt, sie sieht auf ihre verschlungenen Hände.

Leon und Christina haben zusammen ausgestellt. Ihre Arbeiten füllen stilvoll zwei grosse Räume mit Deckenlicht. Die strengen Masken Christinas stehen fremd und einsam auf Postamenten vor den Wänden, an denen ungerahmt Leons Zeichnungen aufgehängt wurden. Es sind phantastische Bilder, gross angelegt und skizzenhaft unvollendet, verschwommene Umrisse in Kohle angedeutet, ragende Türme vor weissen Himmeln, eine Ebene, Trauer weckend, endlos ausgebreitet wie ein erstarrtes Meer. Daneben Jünglingsgestalten, schmalhüftig wie auf kretischen Vasen, und ebensolche Frauen in seltsam barocken Gewändern, aber statt Schlangen tragen sie Instrumente in den betend erhobenen Händen, und im Tanz werfen sie die Köpfe rückwärts und starren mit ausdruckslosen Gesichtern gegen den Himmel.

Neben den Bildern der schmalhüftigen und starrblickenden kretischen Jünglinge hängen vergrösserte Ausschnitte von Knabengesichtern, die wehmütig geneigt sind, als hielten sie Spiegel oder Blumenkelche in den kindlichen Händen. Ihre Augen sind gross, wie auf byzantinischen Mosaiken.

Im zweiten Raum sind Christinas Plastiken den Wänden entlang aufgestellt, darunter die Statuette eines jungen Mädchens, dessen Zartheit und zierliche Anmut an eine Japanerin erinnert. Das Mädchen sitzt nach vorn geneigt, die schmalen Knie berühren sich, die kleinen Hände sind hilflos und rührend geöffnet.

Im Hintergrund desselben Raumes steht allein eine seltsame Gruppe. Es ist die heilige Mutter Gottes, die ihren toten Sohn auf den Knien hält. Sie ist dunkel wie die schwarzen Madonnen in katholischen Kirchen, die aus dem Feuer unversehrt hervorgingen und besondere Verehrung geniessen. Ihr Gesicht ist hager und asketisch, der Mund ist weit geöffnet, als schreie er seine Klage gegen den erbarmungslosen Himmel. Ein golddurchwirktes Tuch bedeckt die Schultern und gibt ihr ein orientalisches Gepräge; sie hält einen Arm erhoben, die Finger sind ohnmächtig gespreizt. Der andere Arm hält den Leib des Toten umfasst, liebkosend liegt die Hand auf seiner Wunde, wie um sie zu verdecken. Der Leib ist lang und verzerrt, er scheint von den Knien der Mutter herabzugleiten, weiss und grauenhaft unter ihrem dunklen Gesicht.

Christina, die Gert und Ines durch die Räume führt, bleibt vor dieser Gruppe stehen. Sie ist von Neugierigen umstellt, eine Lampe ist dahinter angebracht, der Leib des toten Sohnes leuchtet, und das golddurchwirkte Tuch über den Schultern der Madonna umhüllt sie mumienhaft. Christina sagt: „Es ist Leons erste Plastik."

Gert sass mit aufgestützten Armen an seinem Schreibtisch und dachte an Leon. Er kannte nur seine Photographien, die Christina ihm gebracht hatte, Bilder eines schönen jungen Menschen mit makellos weisser Stirn und hochmütigen Augen, dessen Hände gross und frauenhaft waren, wie die seiner Schwester Christina. Er erinnerte sich besonders an Leons Augen, die ihn unverwandt und kühl ansahen, vielleicht über ihn hinwegglitten, durch ihn hindurch in eine Ferne, die weit ausgebreitet einem erstarrten Meer glich. Gert wandte den Blick von der Photographie ab und sah zum Fenster hinaus.

Leon also – dieser seltsame Fremde, Christinas Bruder, ihm unbekannt und doch schon vertraut –, Leon, seine einzige Hoffnung. (Weshalb Hoffnung! Was erhoffe ich von Leon?) Aber da sind Bilder schmalhüftiger kretischer Knaben und barocker Frauen, die ihn fremd anmuten und die schwer von Ausdruck sind, beladen mit hinterhältiger Kraft, beladen mit Gefühl, aus der Tiefe aufsteigend, sprechend in einer unerlernbaren Sprache, und doch erschütternd und ans Herz greifend.

Wo hast du das gelernt, Leon, selbst so unberührbar, mit kühlen Augen und Händen, so fremd und leidenschaftslos.

Denn Gert träumt davon, dem Jüngling Leon Anteilnahme abzuringen, es erfasst ihn wie Zorn: seine Stirn zu bewegen, seinen Mund lächeln zu sehen, Leons Hände warm in den seinen zu fühlen, sich über sie zu neigen, demütig vielleicht, und sie zu küssen.

Gert weiss nicht, dass seine Freundin Ines irgendwo in der Westschweiz – es sind einige Jahre her – Christina gegenübersass und sich in plötzlicher Beunruhigung zu ihr hingezogen fühlte, zu ihren Händen hingezogen, die weiss auf ihrem dunklen Schoss lagen.

Manchmal kommt Christina zu Gert und spricht über Leon. Begierig hört er zu und zornig, weil er fühlt, dass sie ihn gewinnen will. Aber wenn sie schweigt, fragt er nach Leon, mit halblauter Stimme, beschämt, gequält, mit unaufrichtig weggewandtem Blick. Warum will Christina ihn gewinnen? Was liegt ihr daran? Sie lächelt zu ihm herüber und legt ihre Hände in den Schoss. Leons Hände, welche die Bilder kretischer Knaben gemacht haben. Wenn Ines dabei ist, schweigen sie, wie auf Vereinbarung, von Leon. Aber wenn Ines seinen Namen nennt, senkt Gert die Augen, um denen Christinas nicht zu begegnen.

Unmöglich, Leons Namen zu entgehen. Gross, in schwarzen Lettern, steht er in den Zeitungen, weiss gemalt an den Scheiben des Ausstellungsgebäudes, Freunde beschreiben ihn, die Leon kennen und ihn in Berlin besucht haben, sie sitzen in Gerts Zimmer, trinken Sherry und sprechen von Leon.

Leon selbst schreibt Briefe an Christina, worin er Gert und Ines grüssen lässt, sein Name steht darunter, wie eine Suggestion. Gert liebt Leons Namen, er schreibt ihn auf ein Blatt Papier und ahmt seine Schrift nach. Das Blatt, bedeckt mit dem Namen Leon, lässt er liegen und findet es am nächsten Morgen auf seinem Tisch. „Leon“, sagt er und wiederholt: „Leon, Leon“, und bricht plötzlich ab. Was willst du von Leon? denkt er. Du musst dich auf ihn nicht verlassen. Man darf sich nur an Wirkliches halten, er ist nicht wirklich.

Ein Name: Leon. Ein Name, eine Hoffnung. Ich habe sie erfunden, wie man Gedichte erfindet oder Melodien, man trägt sie in sich herum und freut sich daran. Ich freue mich an dem schönen Namen Leons.

Ich, einsamer Mensch, denn ganz vereinsamt fühle ich mich, weil Bernhard fortgefahren ist, und ich bilde mir ein, Ines zu lieben.

Vielleicht liebe ich sie nicht. Und darum erfinde ich Leon. Ich, einsamer Mensch.

Man müsste darüber lachen. Oder man müsste verbieten, dass junge Leute sich einsam nennen. Paradox, die Tragödie eines Jungen zu schreiben. Jugend und Hoffnung, das geht zusammen wie Glaube und Liebe. Man weiss nicht warum, man müsste einmal darüber nachdenken.

Ich denke ungern. Ich werde eines Tages alles vergessen wollen. Ich, Gert, Studierender an der Universität. Und wieder lächerlich. Ich, zukünftiger Maler.

Als ob man das versprechen könnte. Es gibt keine Gewähr, es gibt nur eine Hoffnung. Danach soll man mich nicht fragen. Es gab ein Königreich Leon, dessen Könige goldene Kronen trugen. Sie ritten über die kahlen Ebenen ihres Landes, die von der Sonne verbrannt waren.

Die Kronen waren alt, schon westgotische Fürsten trugen sie. Blond und siegreich drangen sie nach Süden und liessen sich in dem eroberten Lande nieder.

Aber sie erlagen dem wilden Volk der Wüste, das, immer neue Scharen über das Meer sendend, wie ein Sturm über sie hinwegbrauste.

Man könnte eine spanische Landschaft malen, endlos dehnt sich die Ebene unter dem erbarmungslosen Blau des

Himmels. Ochsen schreiten langsam am Horizont, mit gesenkten Hörnern, ein langer Zug.

Wahrscheinlich werde ich es nicht können. Ich werde das Blau des Himmels vergessen, denn immer vergesse ich das Wichtigste.

Wie soll man glücklich sein und ein Maler werden.

Ein spanischer Hirte müsste gemalt werden, mit nackten braunen Schultern und nackten Armen, sein Gesicht ist dunkel, verwirrt hängen die Haare darüber. Schön ist er, ein rotes Tuch ist um seine Hüften gewunden. Aber sein Gesicht wird weiss und ebenmässig, weiss und makellos die Stirn, golddurchwirkt der Mantel auf seinen Schultern, nun gleicht er einem Königssohn.

Gert kommt aus dem Kolleg zurück, dicke, schwarze Hefte gelangweilt unter dem Arm.

Christina sitzt an seinem Tisch, zurückgelehnt im bequemen Sessel, das Zimmer ist voll Rauch. „Entschuldige", sagt sie. Sie entschuldigt sich, warum, denkt Gert, und wie ist sie denn hereingekommen. Ich habe ihr keinen Schlüssel gegeben. „Ines sagte, du kommst früh nach Hause", sagt sie und raucht weiter. Sie könnte ihn mehr beachten. Sie könnte ihm eine Zigarette anbieten.

Aber er hat Herzklopfen. Verdammte Schüchternheit, er benimmt sich ja ganz falsch. Man darf gegen Christina nicht schüchtern sein. Gert raucht. Das Zimmer ist voll bläulicher Wolken. „Christina", sagt er und stellt wütend fest, dass seine Stimme zittert. „Ich möchte mit Ihnen sprechen."

„Bitte", sagt Christina und sieht ihn erheitert an. „Alle Gelegenheit dazu. Was wollen Sie denn?"

Er wundert sich, dass sie ihm „Sie" sagt. Diese Mädchen sind unberechenbar und ohne Logik.

Zu fragen, was er von ihr wolle, ist auch ohne Logik. Wenn er mit ihr sprechen will, so braucht nichts Besonderes vorzuliegen. „Wie du meinst", sagt Christina.

Gert fragt, diesmal ohne zu zittern, was Christina von seinem Talent halte.

„Sie sind nicht unbegabt", sagt Christina, „aber Leon ist begabter als Sie."

Gert schweigt. Er weiss schon, dass Leon der Begabtere ist.

Weshalb spricht sie überhaupt von Leon. Man soll ihn mit diesem Namen in Ruhe lassen.

Er weiss, dass Leon klug, schön, begabt und liebenswert ist. Er liebt ihn, obwohl er ihn nie gesehen hat. Er würde ihn noch viel mehr lieben, später, zweifellos. Wenn er ihn kennenlernen wird.

Aber es ist unsinnig, daran zu denken. Man darf es sich nicht ausdenken: Leon zu sehen. Und wer sagt, dass Leon ihn lieben würde?

Gert kommt sich allein vor wie ein Tier.

„Was haben Sie denn?" fragt Christina. Er sieht sie an, sein Gesicht hat einen traurigen Ausdruck. „Warum sprechen Sie von Leon?" sagt er. „Sprechen Sie lieber von Ines und von mir. Oder erzählen Sie von Bernhard."

„Sie sind Bernhard untreu; es ist nicht recht von Ihnen, dass Sie ihn vernachlässigen."

Gert wehrt sich. Er habe Bernhard nicht vergessen. Er habe ihn lieb wie keinen anderen.

„Und Ines?" Christina hat eine seltsame Art, Fragen zu

stellen. Sie sieht Gert gerade ins Gesicht, ihre Augen sind unbeteiligt und verwirrend eindringlich.

Gert errötet schülerhaft. „Ach, Ines", sagt er, „wie könnten wir leben ohne Ines." Er sagt „wir", ohne es zu wissen.

„Jetzt gleichen Sie Bernhard", sagt Christina, „Sie haben ein ganz frommes Gesicht."

„Ja – wie sollten wir leben ohne Ines!"

„Glauben Sie, dass Ines sehr glücklich ist?"

„Ich weiss nicht. Darüber sollte man nicht sprechen. Ich bin auch nicht glücklich, Christina."

„Es geht Ihnen zu gut!"

„Es geht mir nicht gut. Ich weiss nicht, was ich tun soll. Ich möchte arbeiten, aber ich habe kein Talent. Ich möchte ein Bild malen, Christina. Sehen Sie, was ich gemacht habe. Sehen Sie die Farben, sie sind stumpf und ohne Glanz. Sehen Sie die Linien. Nein, ich weiss, es ist nichts daran auszusetzen. Viele finden es gut. Aber Sie, Christina, wissen wohl, was daran fehlt. Es ist keine Gnade darin, Christina – ich bin ein unbegnadeter Mensch!"

„Aber Gert, wie wollen Sie hier arbeiten können. Man hemmt Sie von allen Seiten, man schickt Sie in die Schule und behandelt Sie wie einen Jungen, der dumme Streiche macht und erst ordentlich erzogen werden muss. Sie wissen genau, dass man zwischen Kolleg und Teevisite keine Bilder machen kann, nicht wahr? Aber Sie sind ein feiger Mensch, Gert!"

„Das sagt Ines auch."

„Ines kennt Sie, aber sie hat zuviel Angst. Sie hat mir gesagt, dass sie Angst um Sie hat. Ist das ein Zustand? Ach, Sie feiger Mensch, warum sprechen Sie nie von Leon, wenn Ines dabei ist? Um sie zu schonen? Sie halten Ines für blind. Sie irren sich: Ines lässt sich von Ihnen nicht anlügen." Christina bricht plötzlich ab.

Gert hält den Kopf zur Seite gewendet, als wolle er ihr ausweichen, seine Augen sind trostlos.

„Sie sind ja nicht unbegabt", sagt Christina mit veränderter Stimme. „Die Zeichnungen, die Sie von unserem Knaben Bernhard gemacht haben, sind schön, ich habe Ihnen das schon gesagt. Aber seien Sie doch ein wenig mutiger, vor was haben Sie Angst?" Seinen Kopf zu sich heranziehend, wiederholt sie: „Vor was haben Sie denn Angst?", und sie streichelt ihn, als sei er ein Kind. „Gehen Sie zu Leon", sagt sie, „Sie werden vieles von ihm lernen können. Versuchen Sie es. Aber Sie dürfen nicht feige sein, verstehen Sie mich? *Leon lässt sich nicht stören.* Er kann schwache Menschen nicht leiden, er erträgt es nicht, wenn man sich beklagt."

„Wird er mich denn lieben?"

„Ich weiss es nicht. Vielleicht. Seien Sie geduldig, quälen Sie sich nicht. Er ist aufmerksam, zart und aufopfernd, wenn er jemanden liebt. Er ist ein unvergleichlicher Freund."

„Ich liebe ihn schon sehr, Christina!"

„Sie kennen ihn ja nicht. Es ist nicht leicht, Leon zu lieben. Er stellt grosse Anforderungen, er wird Ihnen Ihre Freiheit nehmen. Ihre Freiheit, Gert, die Sie so lieben! Er wird Ihr Talent, Ihre Arbeit, Ihre Zeit fordern. Er wird Sie zu jeder Stunde haben wollen, und manchmal wird er Sie lange allein lassen. Gerade dann vielleicht, wenn Sie sich nach ihm sehnen. Aber beklagen Sie sich nicht, er würde es Ihnen nicht verzeihen. Wenn Sie seinetwegen leiden, so tragen Sie selbst die Schuld, denn man kann ihm keine Vorwürfe machen.

Vielleicht werden Sie sehr unglücklich sein, aber er wird Ihnen die Schönheit des Lebens zeigen."

Man wird sie jetzt unterbrechen. Jemand wird an die Tür klopfen, oder das Telephon auf dem Schreibtisch wird läuten. Wenn gar nichts erfolgen sollte, wird Christina ein Streichholz nehmen und nach Zigaretten fragen. Denn es ist besser, dass sie jetzt nicht mehr weiterredet.

Dieser Satz bleibt in Gert wie eine Verführung. Denn sehnen wir uns nicht alle in abenteuerlichem Rausch nach der „Schönheit des Lebens"?

Worte vielleicht, abgebrauchte, missverstandene, süss verfärbte.

Aber hinter den Bergen liegen unbekannte Länder und fremde Städte an den jenseitigen Küsten des Meeres. Und eine Stirn erhebt sich, makellos wie die Stirnen von Königssöhnen, deren Schultern bedeckt sind mit goldenen Mänteln.

Aber unversehens verzerren sich ihre Züge in Schmerzen, eine Mutter reckt anklagend hagere Hände zum Himmel, ihr Gesicht ist dunkel und mumienhaft entstellt.

Ines und Christina holen Leon am Bahnhof ab. Gert weigerte sich mitzugehen, er habe zu arbeiten und ziehe es vor, später zu kommen. Sie essen im Restaurant, Ines sitzt zwischen den Geschwistern. Sie spricht mit Leon, und er antwortet mit lebhaften Gebärden, dabei lacht er oft und laut, mit einer leicht erregten und aufreizenden Stimme.

Christina ist ziemlich still, sie sieht ihren Bruder an, und manchmal begegnen sich ihre Blicke. Dann verstummt er und lässt die erhobenen Hände sinken.

„Wie lange wir uns nicht gesehen haben, Christina", sagt er, und seine Stimme hat einen weichen Klang.

„Seit Paris, nicht wahr. Wie geht es dem hübschen Knaben Bernhard?"

Ines unterbricht: „Ich wusste nicht, dass Sie Bernhard kennen!"

Aber er kennt ihn gar nicht, Christina hat von ihm geschrieben.

„Du scheinst ihn zärtlich zu lieben?" fragt Leon Christina.

Ines antwortet für sie. „Alle Menschen lieben Bernhard", sagt sie, „er ist ein liebenswürdiger und selten entzückender Junge."

„Gerts Freund", sagt Christina.

„Ach, Gert. Ich hörte schon in Berlin von ihm. Ich würde ihn gerne sehen."

Gert sollte längst hier sein. Christina hatte ihn auf zwei Uhr bestellt.

„Ich glaube, er hat Angst vor dir", sagt sie lachend. Ines, die Gert eintreten sieht, legt die Hand auf Leons Arm. „Seien Sie freundlich zu ihm", sagt sie.

Gert sitzt neben Ines. Wenn er spricht, sieht er sie an und scheint von ihr eine Bestätigung zu erwarten. Als man ihm die Speisekarte bringt, ist er unentschieden und sagt, er wolle am liebsten gar nichts essen.

„Unsinn", sagt Christina, „Sie sehen ja ganz angegriffen aus!"

Und nun wird er vollends ratlos und bittet Ines, für ihn zu entscheiden.

Ines gibt ihm Wein, den er hastig trinkt, und bestellt sein

Essen. Inzwischen spricht Leon mit Christina; er scheint Gert nicht zu beachten, richtet nur hie und da eine kleine Frage an ihn, freundlich und hochmütig, aber bevor Gert geantwortet hat, wendet er sich wieder ab und fährt fort, mit Christina zu sprechen.

Christina hat beide Arme aufgestützt, sie sieht den Bruder an und sucht seinen Blick. Plötzlich wendet sie sich zu Ines, legt den Arm um ihre Schulter und küsst sie. „Kommt, Kinder", sagt sie mit heller Stimme, „wir wollen etwas unternehmen. Oder müssen Sie in Ihr Kolleg?"

Gert runzelt die Stirn. Er habe den Wagen da, sagt er, aber unmöglich würden sie alle Platz haben. Lachend erklärt Christina, man müsse die Herren „ins Loch" setzen, Ines könne ja fahren, und den Hund Flock würde sie indessen zu ihren Füssen festhalten.

Sie fahren aus der Stadt heraus, Gert und Leon ohne Hut und mit flatternden Haaren. Christina wendet sich manchmal um. „Na, ihr beiden", sagt sie und winkt ihnen mit der Hand. Aber Leon antwortet nicht, er sitzt in die Ecke gelehnt und sieht an ihr vorbei in das weit ausgedehnte Land. Ines fährt rasch, es ist ziemlich kühl, und Leon ist ohne Mantel. Er sieht aus, als friere er. Gert zieht seinen Mantel aus und legt ihn Leon um die Schultern. Es ist schwierig während der Fahrt, er braucht lange und macht Leon Zeichen, dass er nicht kalt habe. Leon nickt und lächelt ihn an. Er schlägt den Mantelkragen hoch und sieht nun aus, als trage er eine Uniform, schmal scheint das Gesicht unter den dunklen Haaren, die Schläfen sind durchsichtig und zart wie bei einem Kind.

Sie fahren erst abends zurück, der Horizont schimmert

rötlich, davor zeichnen sich dunkel die Türme der Stadt ab, wie Schatten auf der Leinwand. Flock schläft am Boden, manchmal hebt er den Kopf und stösst winselnde Laute aus.

Gert und Leon sitzen jeder in seiner Ecke. Gert hält die Hände in den Taschen, er ist erstarrt vor Kälte.

Es wird dunkel, wenige Laternen werfen ihr Licht in grossen, runden Flecken auf die schwarze Strasse. Sie läuft gerade in die Ebene hinein, man kann sie eine Strecke weit verfolgen, dann wird sie schmaler und verliert sich in der Ferne. Links und rechts neigen sich die Bäume schief zusammen, ihre Äste ragen phantastisch in den dunklen Himmel, darunter breitet sich Gebüsch aus und quillt verworren bis an den Rand der Strasse.

Ines hält an, um eine Decke für die beiden Jungen zu finden. „Packt euch gut ein“, sagt sie, „es ist kalt geworden.“ Sie schraubt die Scheibe fest und kommt dann zu ihnen. Gert fasst ihren Arm. „Dass du nur selbst nicht frierst“, sagt er und versucht, in der Dunkelheit ihr Gesicht zu erkennen. Sie beugt sich rasch über ihn. „Was für kalte Ohren du hast“, sagt sie und beginnt sie sanft zwischen ihren warmen Fingern zu reiben.

Als sie wieder fahren, sagt Leon, Gert solle sich näher zu ihm setzen, und schlingt einen Arm um seine Schulter. Gert fühlt die Wärme von Leons Gesicht und beinahe seinen warmen Hauch. Er schmiegt sich enger an ihn, mit gesenktem Kopf. „Sehen Sie, welch ein Schimmer über der Stadt“, sagt Leon, „der Himmel ist von den vielen Lichtern ganz hell.“ Sie sehen beide angespannt nach vorn, und plötzlich fühlt Gert, dass Leon ihn mit Heftigkeit an sich zieht, er hält ihn noch immer mit einem Arm umschlungen und presst seine

Finger so stark in Gerts Brust, dass er beinahe aufschreit.

Jetzt sind sie schon mitten in der Stadt; auf einem hell erleuchteten Platz winkt ein Polizist, Strassen kreuzen sich, Wagen rollen lautlos an ihnen vorüber. Sie halten vor Christinas Hotel und beschliessen, dass sie ohne sich umzuziehen in Christinas Zimmer essen wollen. Sie bestellen grosse Mengen von Rührei mit Salat, besonders Ines und Leon sind sehr hungrig, sie beginnen immer von neuem zu essen, während Christina und Gert auf dem Diwan halblaute Gespräche führen.

Es ist ziemlich spät, aber sie denken nicht daran, schlafen zu gehen. Nachdem sie mit dem Essen fertig sind, bringt Leon aus dem Badezimmer ein Grammophon und tanzt mit Ines; sie sehen sehr schön aus zusammen, das dunkelblonde Haar von Ines schimmert im Licht der Lampe. Leons Gesicht ist leicht verschwommen, man könnte ihn jetzt für ein Mädchen halten, er tanzt aufmerksam und rhythmisch und führt Ines mit grosser Sicherheit.

Ines blickt oft zu Gert hinüber, er sitzt noch immer neben Christina, nachlässig an ihre Schulter gelehnt, und sieht ihnen zu.

Christina spricht halblaut. „Sie benehmen sich ganz falsch“, sagt sie. „Ich habe Ihnen gesagt, dass Sie nicht feige sein sollen. Sie haben kaum den Mut, mit Leon zu sprechen, und überdies machen Sie ein erbittertes und trauriges Gesicht. Damit werden Sie ihn ärgern, und er mag Sie doch ganz gern und ist nett zu Ihnen.“

„Ach, lassen Sie Leon“, sagt Gert. „Bleiben Sie lieber bei mir, oder fahren Sie mit mir spazieren.“

Er steht auf, um seinen Mantel anzuziehen. „Adieu!“ ruft

er zu Leon und Ines hinüber, „wir fahren jetzt spazieren!" Er nimmt Christina am Arm und zieht sie die Treppe hinunter.

Gert fährt ziellos und ohne Vorsicht durch die Strassen. Manchmal begegnet ihnen ein Taxi, Leute kehren vom Theater zurück, einzelne Damen eilen in Pelzmänteln von einem Trottoir aufs andere, sie halten die langen Kleider in die Höhe und machen kleine und ungeschickte Schritte. Andere bleiben stehen, wenn der Scheinwerfer von Gerts Wagen auf sie fällt, erschrocken und geblendet sehen sie ihm entgegen, ihre silbernen Schuhe, ihr Schmuck und ihr Haar glänzen in hellem Licht.

In einer Nebenstrasse fährt schwerfällig ein Wagen; die Pferde gehen mit gesenkten Köpfen, die Zügel liegen auf ihren Rücken, ihre Hufe klappern auf dem glatten Asphalt. Der Mann auf dem Bock schläft, er trägt einen alten Militärmantel, die Füsse stehen breit und klotzig auf dem Trittbrett.

Gert fährt knapp an dem Wagen vorbei, eine kleine rote Laterne schwankt an der Seite. Sie kommen jetzt in die Vorstädte, Gärten mit hohen Gittern gleiten an ihnen vorüber, Büsche glänzen silbern, wie im Mondlicht.

„Hier wohnt Berchens Grossmutter", sagt Gert und fährt langsamer, „wir holten ihn jeden Samstag ab."

Vor manchen Toren stehen Wagen, dunkel lackiert, die Chauffeure sitzen schlafend am Steuerrad. Die Eingänge der Häuser sind erleuchtet, manchmal sieht man Dienstmädchen heraustreten; auf einer Treppe steht eine Dame im Abendkleid und gibt einigen Herren die Hand, welche in Mänteln und weissseidenen Halstüchern auf den unteren Stufen stehen.

„Hier werden Feste gefeiert", sagt Gert. „Christina, warum antworten Sie nicht, wenn ich versuche, Sie zu unterhalten?"

Christina ist müde. „Wir könnten umkehren", sagt sie, „aber fahre bitte etwas vernünftiger."

Er beginnt sofort den Wagen zu wenden, er fährt rückwärts und dann quer in die breite Strasse hinein. So bleibt er plötzlich stehen. „Ich will jetzt nicht mehr", sagt er, und sein Mund hat einen leidenden Ausdruck. „Christina, Sie sind eine schlechte Frau. Sie machen es mir unmöglich, vernünftige Vorsätze durchzuführen."

„Was hattest du denn für Vorsätze, du vernunftbesessener Junge?"

„Nein, nein, nein – hören Sie auf, in diesem Ton zu reden. Sie haben mich verführt, Christina, und nun lassen Sie mich mitten in der Nacht allein!"

„Sprich nicht so unsinnig. Nennst du es Alleinlassen, wenn ich morgens um zwei Uhr mit dir mein Leben aufs Spiel setze? Du wolltest Leon kennenlernen, du hast mich hundertmal darum gebeten. Ich habe es eingerichtet, dass er hierher kam. Und jetzt?"

„Ach, Christina, ich weiss es nicht. Du hast es eingerichtet, nun kannst du ja auch weiter bestimmen, was geschehen wird. Ich habe Angst vor Leon."

„Dann geh wieder zu Ines."

„Ich schäme mich vor Ines."

„Du schämst dich aber nicht, sie ständig zu verraten. Ach, Gert, du bist ein feiger Mensch! Aber vielleicht befreundet sie sich indessen mit Leon?"

„Unsinn. Du solltest keinen solchen Unsinn reden!"

„Du glaubst, sie müsse dir unbedingt treu sein?"

„Es gibt solche Frauen. Aber wir verdienen es nicht, ich weiss schon."

„Wir wollen jetzt nach Hause fahren."

„Christina, ich bitte dich, lass mich nicht allein!"

„*Wer* liebt dich denn eigentlich, Ines oder ich?"

„*Wen* liebe ich eigentlich, Leon oder dich?"

„Leon natürlich, du widerlicher Mensch. Aber wir gleichen uns ja, Leon und ich."

„Bitte, küss mich, Christina!"

Christina schlingt rasch einen Arm um Gert und küsst ihn auf den Mund. Sie tut es stumm und presst dabei die Finger gegen seine Brust.

Leon, der nach Berlin zurückfahren muss, steht mit Gert am Bahnhof und wartet auf Ines und Christina. Sie haben nicht viel Zeit, die meisten Leute sind schon eingestiegen, Beamte stehen wartend an den Türen.

Gert sieht bleich und erregt aus. Er hat die letzten Nächte kaum geschlafen. Den ganzen Tag fuhren sie herum, zu zweit oder alle vier, und abends tanzten sie in Christinas Zimmer. Am zweiten Tag war Leon freundlicher zu Gert, er begann Christina zu vernachlässigen und ging mit ihm spazieren. Sie fuhren bis vor die Stadt, liessen dann den Wagen am Rand der Strasse stehen und liefen stundenlang im Wald umher. Sie achteten nicht auf die Wege, sie liefen immer den kleinen Wiesen nach, auf welchen die Sonne schien, dort blieben sie stehen und liessen sich durchwärmen. Sie lehnten sich an die Baumstämme, getrennt voneinander, und atmeten den Geruch von feuchtem Laub und schwerer Erde, und manchmal sah der eine zum anderen hinüber, und ihre Blicke trafen sich. Im Wald stolperten sie über Wurzeln und blieben an Heidelbeerstauden hängen; Leon riss kleine grüne Schosse von den Tannen und zerkaute die jungen Nadeln. Sie kamen an einer Höhle vorüber, wo Gert als Knabe einen jungen Fuchs gefangen hatte. Er kniete nieder und spähte in die dunkle Öffnung, sie war verlassen und halb eingefallen. Nicht weit davon, auf einer trockenen Grasfläche, legten sie sich nieder und zündeten Zigaretten an, sie mussten sich flach auf die Erde legen und hielten den Wind mit den Händen ab.

„Wie gut, dass die Mädchen nicht mitgekommen sind", sagte Leon, der den Kopf auf beide Arme gestützt hatte.

„Warum? Stören sie dich?"

Sie duzten sich, ohne es zu bemerken.

„Natürlich stören sie. Christina liebt dich, weil sie findet, dass wir gut zusammen passen, und Ines liebt dich ohnehin."

„Ich finde das sehr angenehm."

„Es wird dich noch ganz verderben. Du bist eine abscheuliche Mischung von Wohlerzogenheit und Konturlosigkeit. Man sieht es deinem hübschen Gesicht an."

„Aber daran ist Ines nicht schuld."

„Ines wirst du es danken können, wenn überhaupt noch etwas aus dir wird! Du missverstehst, mein Lieber: Du bist zur Freiheit gar nicht fähig. Ausserdem stellst du an deine Mitmenschen die unsinnigsten Forderungen. An Ines beispielsweise, und an mich."

„Ich fordere nichts von dir. Dafür um so mehr von mir selbst, das darfst du nicht vergessen."

„Du forderst von dir, ein grosser Künstler zu werden. Du

forderst deine Begabung heraus. Das ist doch alles falsch, du missverstehst grundsätzlich die Forderungen, die an uns gestellt werden. Daran ist deine Wohlerzogenheit schuld, die deinen Schwächen ein Mäntelchen umhängt. Du solltest lernen, sie samt deiner Wohlerzogenheit zu vergessen. Werde zuerst ein einfacher Mensch, Gert. Ohne Ines, ohne Christina, ohne den Knaben Bernhard. Am Anfang muss man allein sein."

Kluge Reden, denkt Gert. Kluge Reden eines Verführers. Und nachher lassen sie mich alle allein. Aber er lächelt vergnügt in den blauen Himmel.

Sie fangen wieder an, zwischen den hohen Stämmen hindurchzulaufen, ihre Füsse sinken im feuchten Boden ein. Sie finden den Wagen und fahren nach Hause; mit erdigen Schuhen kommen sie in Christinas Zimmer und werfen sich auf den Diwan, lachend und erschöpft. Christina ruft aus dem Badezimmer, Gert solle Ines anrufen, sie wollten alle in der Elite-Bar essen, sie müssten sich umziehen alle beide, Leons Smoking liege schon bereit. Und nun tanzen sie wieder bis spät in die Nacht, die Leute wenden sich nach ihnen um und sehen ihnen verwundert ins Gesicht, wenn sie vorübergehen.

Mitten in der Nacht weint Gert in seinem Zimmer. Er hat Leons Photographie vor sich aufgestellt, er sieht sie an und daneben ein Bild des spanischen Königssohns; er erinnert sich, dass er sich sehnte, seine Stirn zu bewegen, seinen Mund zum Lächeln zu zwingen und Leons warme Hände in den seinen zu halten. Er sehnt sich jetzt mehr als damals nach ihm; er wusste ja vorher nichts von Leon, es war ein Bild, ein Name, eine Hoffnung. Jetzt möchte er unter Tränen darum bitten, ihn lieben zu dürfen. Aber er weiss, dass er niemals Leon um etwas bitten wird. Leon kann es ja nicht ertragen, wenn man sich beklagt.

Auch Ines und Christina kann er um nichts mehr bitten, sie sind ihm plötzlich fremd, und er denkt an sie mit Gleichgültigkeit, aber auch das empfindet er wie einen grossen Schmerz. Morgen wird Leon abfahren, wer weiss, wann Gert ihn wiedersieht, er hat ja kein Recht auf ihn, er liebt ihn nur und wagt nicht, es ihm zu sagen.

Trostlos legt Gert den Kopf auf seine verschränkten Arme, er weint mitten in der Nacht, und reibt die Stirn an dem glatten Rücken seiner Hände.

Am Bahnhof sagt Leon zu ihm: „Ich denke, du wirst bald nach Berlin kommen. Gib dein Studium auf, das ist ohnehin zwecklos. In Berlin kann vielleicht etwas aus dir werden."

Und Gert, ganz glühend, antwortet: „Ich will tun, was in meiner Macht steht."

Leon steigt ein, sie bringen die schweren Handtaschen unter. Auf der Treppe bleibt Gert noch einmal stehen, und Leon beugt sich vor und küsst ihn leicht auf die Wange. Eine Dame auf dem Bahnsteig sagt laut: „Wie ekelhaft, wenn junge Männer sich küssen." Im selben Augenblick kommt der Schaffner und schliesst die Tür. Der Zug setzt sich unerwartet in Bewegung, die Dame winkt mit einem seidenen Tuch, aber Gert steht mit beiden Händen in den Taschen und sieht dem Zug nach. Jetzt verschwindet Leons weisses Gesicht im dunklen Rahmen des Fensters ... Am Ausgang des Bahnhofs trifft Gert Christina und Ines; sie sind ausser Atem und sehr betrübt, zu spät gekommen zu sein.

„Leon lässt grüssen", sagt Gert und bleibt vor ihnen stehen. „Schade, warum kommt ihr so spät?"

„Hat er nichts vergessen?" fragt Christina. „Er vergisst meistens etwas!"

„Ich habe mit ihm gepackt", sagt Gert. „Wir konnten es beide nicht, wir haben uns auf den Koffer gesetzt, um ihn zu schliessen." Es freut ihn, „wir" zu sagen, und dass es Leon und ihn betrifft.

Gerts Staffelei steht nahe am Fenster, man kann hinaussehen, Sonne glänzt auf den Dächern, ganz südlich mutet es an am späten Nachmittag, Dunst schwebt, und Rauch steigt kerzengerade aus unsichtbaren Kaminen.

Gert malt mit Eifer.

Es liegt ihm daran, dass das Bild gut wird.

Es wäre vielleicht ein Beweis ...

„Was willst du beweisen, wir glauben dir ohnehin", sagt Ines. Aber Ines hat keine Ahnung, wie es ist, wenn man sich selbst nicht glaubt ...

Trotzdem hat sie wahrscheinlich recht. Denn was kann man beweisen?

„Du forderst dein Talent heraus." Das sagte Leon.

Gert ist fröhlich, er pfeift während der Arbeit. Braune Konturen stehen auf der Leinwand. Er wird sein Talent herausfordern. Das macht ihn fröhlich, Vorstellungen bedrängen ihn, Farben, denen man keinen Namen geben kann. Aber er wird sie malen.

Es ist eine Lust zu leben, denkt Gert und schwenkt den Pinsel. Flecken auf dem Fussboden, zur Freude des Dienstmädchens. Aber warum Parkettböden im Zimmer eines Malers? Er wird Stahlspäne holen. Es ist eine Lust zu leben.

Dann pfeift er nicht mehr. Sein Eifer wächst. Er strengt sich an.

Warum muss er sich plötzlich anstrengen? Die Vorstellungen fehlen, es ist ein schlechter Tag. Stimmungen, denkt Gert, man muss sich daran gewöhnen. Morgen vielleicht.

Aber der Faden der Phantasie bricht plötzlich ab.

Man muss von neuem beginnen. Keine Entmutigung. Gert kennt das: vor allem keine Entmutigung.

Grenze seines Talents? Es springt ihn an wie ein Hindernis. Man pflegt es den „toten Punkt" zu nennen. Darüber hinwegkommen, darum handelt es sich.

Aber man kommt nicht darüber hinweg.

Denn hier müsste ihn ein neues Feuer ergreifen, eine fortreissende Freudigkeit, Musik der Arbeit, ein ungeklärtes Gefühl, aber ebenso untrügerisch, die einzige Gewähr, dass sein Bild gut werde und dass es die Herzen rühre.

Grenze seines Talents. Man kommt nicht darüber hinweg ...

Ich habe nie darüber nachgedacht, was das Geheimnis echter Kunst sei. Christina sagt, im Musée Rodin habe sie es gelernt.

Aber ich liebe die Kunst inbrünstig. Gotische Madonnen liebe ich, ihren Ausdruck von Hingabe und Frömmigkeit, Engel von Botticelli mit bezaubernd geneigten Köpfen; was für rührende Gesichter; sie gleichen dem Knaben Bernhard.

Vermessen wäre es, von Vollkommenheit zu sprechen, aber darin ahnt man sie, und davon ergriffen zu werden ist ein grosses Wunder.

Ich weiss nicht, was Frommheit ist, ich habe nie beten

wollen. Ich wehrte mich und schrie. Ich kannte Gott nicht. Meine Mutter schüttelte den Kopf darüber. „Brave Kinder beten jeden Abend zum lieben Gott“, sagte sie. Aber ich wollte nicht brav sein.

Erst vor einem Bild lernte ich, dass es Gott geben müsse. Ich möchte es einfacher sagen: Schmerzen ergriffen mich, ich seufzte und stand wie in Glut getaucht. Und unsäglich wünschte ich, in meinem Leben etwas Ähnliches hervorzubringen. Ich glaubte, es sei das einzige Ziel meines Daseins.

Aber man kann dafür nichts tun. Man kann sich nicht anstrengen. Man müsste Geduld haben (und ich habe so wenig Geduld) – und sich allen Willens entkleiden. Ich denke an Johanna, das Mädchen von Domrémy, welches auf seine Stimmen lauschte und von ihnen wunderbare Kraft empfing. Sie wiederholte es vor ihren Richtern immer aufs neue und bestand darauf, dass sie nicht ihnen gehorchen werde nach ihrem eigenen Willen, sondern den Stimmen ihrer lieben Heiligen, welche sie leiten würden.

Wenn sie über ein Feld ritt, begannen unter den Hufen ihres Pferdes Blumen zu blühen. Denn das Mädchen war begnadet.

Ich glaube, es gibt keinen Menschen, der sich so sehr nach Gnade sehnt wie ich.

Ines hat Gerts Eltern besucht, um ihnen zu sagen, dass Gert nach Berlin fahren muss.

Sie sassen in grossen Stühlen, die Mutter etwas steifer als ihr Gatte, und betrachteten das Mädchen mit Verwunderung.

Ines trug einen Mantel mit einem grossen Pelzkragen, der

sie merkwürdig schmal erscheinen liess; sie lächelte ernst aus der Umhüllung und sprach mit gedämpfter Stimme.

„Gert hat uns von seinen Plänen nichts gesagt. Wir waren froh, als er sich endlich entschloss, sein Studium zu beenden“, begann die Mutter und neigte sich entgegenkommend, aber mit steifem Rücken gegen Ines. Diese betrachtete aufmerksam das welke, gepuderte Gesicht der alten Dame. Gert hat ihre Augen, dachte sie. Das stimmte sie versöhnlich. Sie begann sehr sanft von Gert zu sprechen. „Sie verstehen ihn sicher“, sagte sie, „wenn es auch nicht leicht ist, ihm zu folgen.“ Von sich sprach sie gar nicht. Man konnte denken, sie sei Gerts Anwalt, wohl informiert, menschlich anteilnehmend, ja aufrichtig bewegt und entschlossen, ihm unter allen Umständen zu helfen, aber mit einer selbstverständlichen Scheidung ihrer tieferen Lebenssphären. Sie sagte, Gerts grösste Sehnsucht sei, Maler zu werden, und schon diese tiefe und immer aufs neue durchbrechende Sehnsucht beweise doch, dass er Talent haben müsse, etwas in ihm ringe nach Ausdruck, und obwohl dies eine vielgebrauchte Redensart junger Menschen sei, die an sich noch gar nichts bedeute, so zwinge doch gerade Gerts unruhige Natur zur Nachdenklichkeit: Er habe eine gefährliche Neigung, sich in ewiger Selbstqual aufzureiben, rasch entflammt, sinke er ebenso rasch in eine bodenlose Entmutigung zurück, wie seine Eltern ja sicher schon bemerkt hätten.

„So schlimm und gefährlich scheint mir das nicht zu sein“, sagte Gerts Vater, der behaglich in seinem Lehnstuhl sass. „Unsereiner hat sich auch durchringen müssen, das sind Jugendnöte und berechtigen nicht dazu, so viel Aufhebens zu machen!“

„Sicher nicht", sagte Ines und beschloss zu lügen. „Gert selbst würde auch nicht darauf kommen, sich zu beklagen. Aber seine Freunde sehen doch, dass er sich aufreibt, und denken, es müsse eine tiefere Ursache haben. Nein, Sie dürfen niemals denken, Gert sei nachgiebig oder schwächlich!"

„Aber warum bestehen Sie denn darauf, dass er Maler werden soll? Ist das heutzutage überhaupt ein Beruf?"

„Wenn er begabt ist, so gibt es Berufsmöglichkeiten genug. Es gibt Kostümentwürfe, Buchdekorationen, Bühnenausstattungen. Aber das ist vorläufig nicht wichtig – " Gerts Mutter denkt: Es ist recht anmassend, dass dieses Mädchen so bestimmt zu wissen vorgibt, was *wichtig* ist, aber sie hört ihr mit Freundlichkeit zu, sie schätzt ihre Klugheit und denkt, dass Gert eine solche Freundin notwendig brauche.

Ines fährt fort, ihre Stimme, obwohl noch immer gedämpft, klingt jetzt eindringlicher: man müsse Gert zunächst Gelegenheit geben, sein Talent zu beweisen. Sie könne vollkommen begreifen, dass die Eltern einer solchen Idee fremd gegenüberständen, es bedeute vielleicht einen Bruch mit der Tradition des Hauses, aber an einem solchen Bruch sei nicht allein Gert schuld, das sei tiefergehend und von allgemeiner Bedeutung: die Lebensumstände seien verändert, ja ihre ganze Lage sei in solchem Mass verwandelt, dass es notwendig auch auf ihre Seele gewirkt habe. (Bei dem Wort „Seele" stockt Ines einen Augenblick, aber ein freundlicher Blick der alten Dame beruhigt sie sogleich.)

Es sei ja nicht zu leugnen, dass sie einer neuen Jugend angehörten, nicht mehr der Nachkriegsjugend, die im ewigen Sturm und Drang steckengeblieben sei, aber dennoch: auch in ihnen sei noch eine tiefe Beunruhigung, eine Aufbruchstimmung gewissermassen, und mit aller Ehrfurcht vor den Werten der Vergangenheit müssten sie sich doch zuerst allein durchsetzen, allein, mit dem aufrichtigen Willen, sich zu beweisen.

„Das ist schön und ehrlich gesprochen“, sagt der alte Herr im Lehnstuhl. „Aber sagen Sie mir, was es mit meinem Sohn Gert zu tun hat. Ich gestatte ihm gern, sich zu ‚beweisen‘, wenn er es kann. Er soll damit beginnen, dass er sein Studium beendet!“

„Er wird es nicht beenden können“, sagt Ines, „Sie werden sehen, dass er es nicht kann. Er glaubt, sein einziges Ziel sei –“ Sie bricht plötzlich ab.

Gerts einziges Ziel ist, zu Leon zu kommen. Er sagt, er wolle ein gutes Bild malen, und er weint vor bitterer Verzweiflung, weil es ihm nicht gelingt. Er ist ganz ehrlich. Aber er wird es nicht mehr malen wollen, wenn man ihm die Hoffnung nimmt, Leon wiederzusehen.

Ines weiss, dass hier die Verständigung zu Ende ist. Selbst die freundliche alte Dame wird nicht begreifen wollen, dass ihr Sohn einen Jüngling, Leon, liebt, und sie wird nicht begreifen, dass diese Liebe für ihn notwendig und mit den Zielen seiner Arbeit verknüpft ist.

Kann man denn für Leon einstehen? Ines glaubt nicht an die Freundschaft, welche sie hier verteidigt, sie misstraut Gert, sie weiss, dass er zu schwach ist für einen Gegner wie Leon und dass er deshalb leiden wird.

Aber man wird ihn davor nicht bewahren können. Leon ist ja seine einzige Hoffnung.

Christina sagt: „Ihr müsst ihn in Gottes Namen einmal loslassen, sonst wächst seine Illusion ins Riesenhafte, und er geht an der Sehnsucht danach zugrunde." Christina hat recht. Es ist besser, man geht an der Wirklichkeit zugrunde als an einer Illusion ...

Ines hebt den Kopf und beschliesst, noch einmal zu lügen. Sie wird von Leon sprechen, der ein begabter junger Maler sei und dessen Schüler Gert werden solle. Sie wird dafür einstehen, dass Gert sich dort in kurzer Zeit entschliessen werde, entweder sich ernsthaft auszubilden oder zurückzukehren und sein Studium zu beenden.

Gerts Mutter ergreift plötzlich die Hand von Ines. „Liebes Fräulein", sagt sie, „für uns Eltern gibt es immer wieder entscheidende Augenblicke, die uns einen Blick in das Leben unserer Kinder gewähren, aber gleichzeitig werden wir gezwungen, uns aufs neue und noch weiter von ihnen entfernt zu fühlen."

Ines ist einen Augenblick betroffen, die Augen der alten Frau haben einen Ausdruck von Entsagung, so, als könne sie nichts von allem verstehen, was hier gesprochen wurde, ausser dem Wichtigsten: dass ihr Sohn sie einem unbekannten Leben zuliebe verlassen wolle.

Gerts Vater unterbricht die Stille: „Glauben Sie denn, dass Gert Talent hat?"

Ja, Ines glaubt daran. Sie kann in allem für Gert einstehen. Sie muss ja für ihn einstehen, und für seine grosse, einzige, betrügerische Hoffnung.

Gert telegraphierte an Leon, ob er zu ihm kommen könne. Zugleich schrieb er ihm einen langen Brief, dass er mit Ines und mit seinen Eltern gesprochen habe, dass er entschlossen sei, sich von der Universität abzumelden, zu Leon zu kommen und malen zu lernen. Er schrieb, er wolle am gleichen Ort sein wie Leon, alles andere gehe ihn nichts an; er wisse nicht, was daraus werden könne, aber er sehne sich zu sehr nach ihm. Darauf antwortete Leon zunächst nicht. Er schrieb nur in einem Brief an Christina, es freue ihn, dass Gert nach Berlin kommen wolle.

Gert sagte, er wolle gar nicht nach Berlin, er wolle zu Leon. Er schrieb ihm einen zweiten Brief, aber während er schrieb, befiel ihn Mutlosigkeit, er war schon am Rand seiner Kräfte, die lange Unsicherheit hatte ihm zugesetzt, er fühlte sich matt wie vor einer Krankheit.

Endlich schrieb er weiter, Leon solle ihm deutlich schreiben, ob er ihn brauchen könne, und vor allem: ob er ihn verstehe. Denn es sei sehr schwer für ihn gewesen, sich hier loszureissen, er trete in eine neue Welt ein; er habe sich von seinen Eltern getrennt, und wenn es auch in gutem Einvernehmen geschehen sei, so trage er doch zum erstenmal die Verantwortung und er fühle sich gleichsam verpflichtet, auf eine anständige Weise das einmal Begonnene durchzuführen. Aber alles sei sinnlos, wenn er nicht ihn, Leon, sehen dürfe, das sei der Anfang all seiner Wünsche, er sei zu nichts fähig ohne ihn. „Du solltest doch versuchen, mich zu verstehen, Leon“, schrieb er am Schluss des Briefes, „für dich sind diese Dinge nicht wichtig, du bist ein freier und unbeschwerter Mensch, aber ich quäle mich indessen, mehr aus Sehnsucht nach dir als aus irgendeinem anderen Grund, und deshalb kann mir auch niemand anders helfen als du!“

Diesmal antwortete Leon sofort mit einem Telegramm, Gert solle sich nicht quälen, er werde am nächsten Tag kommen, indessen viele Küsse ...

Wirklich kam er mit dem Nachtzug, rief Gert an und besuchte ihn sofort. „Was ist denn mit dir", sagte er und hob sein Gesicht in die Höhe. „Was schreibst du mir für Alarmbriefe." Dann nahm er ihn, ohne eine Antwort abzuwarten, mit zu Christina, liess Ines telephonieren und behauptete, er sei wegen einiger Stücke der Ausstellung gekommen, welche verkauft worden seien. „Heute abend fahre ich zurück, und Gert kommt mit", sagte er. Dabei blieb es.

Der Schlafwagenschaffner ist ein sympathischer Mann, ordentlich und sorgfältig bezieht er die Betten, kontrolliert Billette und Gepäckstücke und sorgt für Ruhe und Bequemlichkeit aller Mitreisenden. Gerts Hut, der bei einer starken Kurve auf den Boden gefallen ist, nimmt er mit sich und bringt ihn frisch und gereinigt zurück; zu später Stunde verschafft er Leon eine Tasse Kaffee, ohne die dieser nun einmal nicht leben kann, und erkundigt sich, ob die jungen Herren am Morgen Frühstück haben wollen. Dann wünscht er ihnen mit Wohlwollen gute Nacht und verschliesst sorgfältig die Tür. Leon und Gert streiten sich, wer im oberen Bett schlafen soll. Leon will vor allem seine Ruhe haben, er liegt schon mit geschlossenen Augen auf dem unteren Bett und beschliesst deshalb auch, hier zu bleiben. Indessen klettert Gert wie ein Affe nach oben, benimmt sich unruhig und brennt mit seiner Zigarette ein Loch in das Leintuch. Weil aber Leon schlafen will, löscht er das Licht und raucht im Dunkeln. Er ist jetzt ruhig und lauscht auf den Rhythmus der Fahrt. Die Luft braust an dem halb geöffneten Fenster vorüber, Funken springen wie Glühwürmer auf, kleine Stationen unterbrechen mit plötzlicher Helle die dunkel rauschende Nacht. Das Land ist eben, manchmal sieht man in weiter Ferne Lichter, man weiss nicht, ob sie noch der Erde angehören, es könnten auch Sterne sein. Überall in den ruhenden Häusern schlafen Menschen, und wenn sie erwachen, ist der Zug weit, schon an vielen anderen Häusern vorüber, in einer fremden Stadt angelangt. Die Leute wissen nichts davon. Nur die Vorsteher an den kleinen Stationen stehen unter ihrem Schutzdach, grüssen militärisch und streifen mit einem Blick die vorbeigleitende Wagenreihe. Gert erhebt sich und zieht den Vorhang tiefer herab. Du brauchst nicht hereinzusehen, denkt er. Aber gleichzeitig nickt er, obwohl dieser ihn sicher nicht bemerkt hat, abschiednehmend dem Vorstand zu. Der steht und sieht dem davonfahrenden Zug nach, Rauch verhüllt seine militärisch stramme Gestalt.

Unten schläft Leon. Gert beugt sich über den Rand des schmalen Bettes und lauscht mit angehaltenem Atem. „Leon“, sagt er halblaut, „Leon, schläfst du wirklich?“ und er lässt sich mit den Füssen auf das untere Bett herab. Dann springt er geschickt und lautlos auf den Boden und setzt sich neben den Freund. Die blaue Nachtlampe an der Wand wirft einen kleinen, fahlen Schein auf Leons Kissen. Sein Gesicht ist darauf ebenmässig, wie eine Marmormaske, durchsichtig schimmern die Schläfen und die bläulichen Augenlider. Seine dunklen Haare sind unverwirrt und glatt aus der Stirn gebürstet, sie haben einen matten Glanz, wie Ebenholz oder schwere Seide. Auf der Decke liegen seine Hände gross und unbeweglich nebeneinander. Gert hatte nicht mehr gewusst, dass Leon schön ist. Er sehnte sich dunkel nach ihm, ungewiss, ob er ihn liebe. Als Leon heute morgen in sein Zimmer kam, war er überrascht von seiner Schönheit, er zitterte am ganzen Körper und wartete, bis Leon auf ihn zutrat und sein Gesicht in die Höhe hob.

Den ganzen Tag ging er scheu neben ihm und versuchte zu glauben, dass er nun zu Leon gehöre. Aber am Bahnhof war er von Angst ergriffen, er sah, dass Ines traurig war und dass sie ihre Traurigkeit hinter einem Lächeln verbarg, er dachte in plötzlicher Aufwallung an Berchen und an ihre Fahrten mit Flock. Er sah im Wagen Leon, dessen kühle Augen ihn erschreckten und anzogen und mit dem er nun viele Stunden fahren würde, eine Nacht hindurch, unaufhaltsam.

Aber das ist jetzt vorbei. Gert hat keine Angst mehr. Er wird nicht zurückdenken.

Hier neben ihm ist Leon.

Gert fühlt plötzlich durch seinen gestrafften Körper die Kälte dringen, seine nackten Füsse auf dem russigen Teppich sind erstarrt. An das schwache Licht gewöhnt, sieht Gert alle Gegenstände mit grosser Deutlichkeit, die Griffe der Handtaschen glänzen aus dem Dunkel, Leons Kleider liegen unordentlich im Netz, schief steht die Leiter an die Wand gelehnt, in einer Kurve schwankt Gerts Hut am Haken, und die Mäntel bewegen sich wie grosse Vorhänge.

Gert umfasst seine Knie mit den Armen und zieht die Füsse hoch. Leise wiegt er sich hin und her, das Gesicht erhoben.

Er merkt nicht, dass Leon die Augen geöffnet hat. Er wiegt sich hin und her und sagt Leons Namen, singend, im Rhythmus der Fahrt. Leon fasst ihn mit beiden Händen um die Hüften und dreht ihn zu sich. „Warum schläfst du denn nicht“, sagt er und sieht Gert gerade ins Gesicht.

„Ich wollte dich nicht wecken", antwortet Gert, „aber ich war müde und konnte nicht schlafen."

„Du warst müde?"

„Ich konnte dich von meinem Bett aus nicht sehen, deshalb kam ich herunter."

„Du bist ja ganz erfroren. Geh schlafen."

„Ich kann nicht. Ich werde sicher wahnsinnig. Seit vier Stunden warte ich."

„Du übertreibst. Wir sind erst drei Stunden unterwegs. Ausserdem wird man nicht so leicht wahnsinnig, und ich möchte schlafen."

Gert schweigt. Leon sieht ihn immer noch an, mit einem merkwürdig kalten und unverwandten Blick. „Gehst du jetzt?"

„Nein."

„Du wirst dich erkälten. Gib deine Füsse." Leon schlägt die Decke zurück und nimmt Gert neben sich. Über ihn gebeugt sagt er: „Sobald du warm bist, gehst du schlafen. Ich habe hier wirklich keinen Platz für dich."

Gert, in seine Decken gewickelt, sieht zum Fenster hinaus. Die Funken springen vorüber, die kleinen Stationen unterbrechen mit plötzlicher Helle die Nacht. Aber der herabgezogene Vorhang verdeckt jetzt die grüssenden Stationsvorsteher, das Fenster ist geschlossen, das Rauschen der Nacht verstummt. Schwer liegt die Luft in dem kleinen Raum. Wenn Gert angestrengt lauscht, hört er unten den regelmässigen Atem Leons.

In Berlin besucht Gert seinen alten Freund Ferdinand. Er wohnt bei einer Witwe, man muss sechs Treppen hinaufsteigen, bis man ihre Wohnung erreicht. Im Hausflur steht „Fahrstuhl“ angeschrieben, und ein Pfeil weist die Richtung, aber an der Gittertür hängt ein Plakat „Ausser Betrieb“, und man entschliesst sich enttäuscht zum Rückzug.

Ferdinands Zimmer ist eine wohnliche Mansarde mit eisernem Ofen, eisernem Bett und ebensolchem Waschgestell. Über dem Bett hängt die Photographie von Ines, welche Bernhard einstmals für Ferdinand entwendet hat. Ausserdem gibt es Noten, Stösse von Noten, überall verstreut, und zwei dünne Dirigentenstäbe aus biegsamem Holz.

Ferdinand ist glücklich. Er ist es nicht etwa aus Genügsamkeit, sondern weil er trotz seines zu langen Halses, trotz des grossen Mundes, der immer aussieht, als habe er Durst, weil er trotz dieser und vieler anderer Nachteile von der Gunst des Schicksals begleitet wird. Eine musikalische Grösse Berlins hat auf ihn, der mit durstigem Mund und hungrigem Antlitz in allen Proben sass, ein Auge geworfen und ihn nach kurzer Zeit zum Hilfschorrepetitor ernannt. Immer dann, wenn der Gewaltige keine Lust hat, eine Probe zu leiten, schickt er seinen Beauftragten Ferdinand, und da dieser mit geradezu aufsehenerregender Energie den Leuten Rhythmus und sauberes Einsetzen beizubringen weiss, besteht alle Aussicht, dass er nebst einem Freiplatz zur Beendigung seiner Studien die Stelle des altgewordenen Chorrepetitors erhalten wird, um damit die erste Stufe der Ruhmesleiter zu erklimmen. Es ist sonderbar und rührend, dass Ferdinand durch diese Gunst, die doch zweifellos als Talentprobe angesehen werden könnte, nicht an Selbstbewusstsein zugenommen hat, sondern dass er alles mit einem Ausdruck strahlender Dankbarkeit den „anderen“ zuschiebt, seinem

Lehrer, seinem Gönner, seiner Mutter, die ihn unter einem glücklichen Stern geboren hat.

Und er arbeitet in seiner Mansarde wie ein Besessener, fieberhaft in Noten wühlend, Partituren lernend, Theorie geduldig sich einprägend; dazu schreibt er Lieder für Geld und arrangiert einer Jazzband Musik für zwölf Stimmen, für Instrumente, von denen er noch nie auch nur den Namen gehört hat. Er würde auch keine Zeit finden zu essen, wenn nicht die fünfzehnjährige Tochter der Witwe neben ihm stehenbliebe; dieses Mädchen beaufsichtigt ihn wie ein Kind und schüttelt den Kopf über seine zerrissenen Socken, als sei sie seine Mutter. Er sieht sie kaum an, er wird ungeduldig, wenn sie zu lange in seinem Zimmer bleibt, aber manchmal rührt sie ihn doch, er fragt, ob sie Freude habe an Musik, und seufzt, weil er kein Klavier hat, um ihr seine Lieder zu spielen. Sie singt ihm vor, mit einer kleinen und unsicheren Stimme, aber sie klingt rein und weich. Bernhard würde in Entzücken geraten, wenn er seiner Schülerin Betsy einen einzigen solchen Ton abgewinnen könnte. Ferdinand, der dem Mädchen die Noten vorhält, korrigiert sie mit Strenge, aber heimlich ist auch er entzückt, und wenn er Repetitor sein wird, will er sie dem Direktor des Theaters vorführen. Sorgfältig studieren sie ein Programm ein, das Kind lernt mit Hingebung; man weiss nicht, gilt ihre Liebe der Musik oder Ferdinand, aber gleichviel: Sie hat ein süsses Gesicht und eine süsse Stimme, und wenn es das Schicksal gut mit ihr meint, wird sie neben Ferdinand die erste Stufe des Ruhmes emporklimmen und einmal als weissbeflitterter Star an dem vergänglichen Bühnenhimmel unserer Hauptstädte aufleuchten.

Gert, auf dem eisernen Bettgestell sitzend, erfährt alle diese Tatsachen und raucht indessen geduldig die griechischen Zigaretten, die er auf Ferdinands Waschtisch gefunden hat. Ihn freut es, Ferdinand wiederzusehen, sie sprechen von alten Zeiten, für Ferdinand einige Monate zurückliegend, für Gert erst wenige Wochen, aber dennoch, es ist eine entschwundene Welt, an die man sich mit Wehmut und Zärtlichkeit erinnert.

Wer kann denn sagen, ob es noch einmal einen jener Sommernachmittage geben wird, eine Landstrasse, die sich in Wäldern verliert, einen Knaben Bernhard mit leuchtendem Antlitz, links und rechts eingeengt von seinen Freunden Gert und Ines, und mit lauter Stimme ihre Unterhaltung vermittelnd?

Heimweh, denkt Gert, ich habe Heimweh, aber lächelnd fährt er fort: „Und ich bin doch so glücklich!"

Ferdinand, als habe er ihm eine Frage beantwortet, sagt: „Es ist gut, dass du glücklich bist. Ich möchte, dass alle meine Freunde glücklich sind, sonst schäme ich mich, dass es mir so gut geht! Und Bernhard?"

Auch Bernhard geht es gut. In diesem Augenblick scheint er zwar Geld nötig zu haben, weil eine junge Amerikanerin, welche einen Affen besitzt und bei ihm Klavier- oder Singstunden nahm, abgereist ist. Aber da er sein ganzes Leben lang verwöhnt werden muss, wie das nur Sonntagskindern und überaus liebenswürdig veranlagten Jungen geschieht, hat er alsbald einen Freund und Beschützer gefunden namens Gérald, welcher ihn unter zwanzig anderen Schützlingen in seltener Weise bevorzugt und liebt. „Bernhard muss man lieben“, sagt Ferdinand. Es kommt Gert mit Erstaunen zum Bewusstsein, dass dieses Kind Bernhard bei den verschiedensten Menschen dieselbe Art aufrichtiger und tiefrührender Sympathie erweckt und dass er recht eigentlich der Mittelpunkt ihrer Herzen ist. Gert fühlt sich selbst den Unbekannten in Paris, jenem Gérald und dem Schüler Charles und den zwanzig jungen Schützlingen, deren Photographien in Géralds Wohnung hängen sollen, zugetan und verbunden durch dieses freundliche Knabengesicht, dessen sanfte und klare Züge ihn in der Erinnerung versöhnlich berühren.

Ferdinand sagt, es wäre gut, Bernhard einmal nach Berlin zu bringen, man könne hier viel lernen, auf jedem Gebiet. „Wie arbeitest du hier, hast du einen Lehrer?“

„Ich arbeite vorläufig mit Leon. Aber er kritisiert meine Sachen nicht, er sieht sie bloss an und macht ab und zu eine kleine Bemerkung.“

„Ach, Leon – ein begabter Mensch, aber nicht ganz ernst zu nehmen, er ist immer an der Grenze des Dilettanten. Bewunderst du ihn sehr?“

„Ja – er kann viel mehr als ich. Er hat sehr schöne Sachen gemacht.“

„Er hat Geschmack und Eigenart. Aber man weiss nicht, was daraus werden soll, es ist alles noch ohne Rückhalt. Solche Leute sind gefährlich, sie können plötzlich hoffnungslos entgleisen.“

„Leon entgleist nicht.“

„Es ist ihm doch schon vorgekommen. Aber vielleicht hält er sich, ich weiss es nicht. Begabt genug ist er, es handelt sich für ihn nur darum, tiefer zu kommen, damit er sich verankern kann. Darum handelt es sich für jeden Künstler: um einen seelischen Ausgang und Mittelpunkt."

„Ich habe ihn auch nicht."

„Du wirst ihn schon finden. Aber nicht durch Leon, der ist selber nur ein junger Windhund, wenn auch ein begabter."

„Ferdinand, wenn man einen Lehrer finden könnte!"

„Ja, wenn man einen Lehrer finden könnte! Ich glaube, daran leiden wir alle. Es ist keine gemeinsame Grundlage mehr vorhanden, von jedem können wir etwas lernen, von jedem müssen wir etwas ablehnen. Keiner fesselt uns ganz, und wenige sprechen uns zum Herzen. Wir bleiben lauter einzelne, letztlich angewiesen auf unser eigenes schwankendes unvermögendes Urteil."

„Der Schrei nach dem Führer?"

„Wenn du willst. Aber es braucht nicht ein Führer zu sein, es handelt sich um ein Mass für Wert und Unwert, um die unbestechliche Gültigkeit unserer Bemühungen."

„Wer ist schuld daran?"

„Niemand ist schuld. Unsere Lehrer können nichts dafür, dass Werte, die man für ewige hielt und deren Vertreter sie waren, gestürzt worden sind. Wir können nichts dafür, dass wir an gestürzte Werte nicht glauben wollen. Jetzt müssen wir ausziehen, um Gott zu suchen."

„Wie tust du das?"

„Wenn ich es wüsste, Gert! Aber ich glaube, wir können nichts anderes tun, als uns aufrichtig zu bemühen."

„Ines sagt: Wir tun unser Bestes."

„Natürlich hat Ines recht. Aber ich muss jetzt in die Probe gehen. Kommst du mit?“

Gert hat keine Zeit. Er will jetzt nach Hause. Er will arbeiten.

Stets herrscht in Leons Studio grosse Unordnung; er hat die Gewohnheit, alles liegenzulassen, was er einmal gebraucht hat, er streut seine Zeichnungen überall umher, und er bemalt, auf dem Fussboden kniend, weisse Blätter, von denen nun einige wie Plakate an den Wänden hängen.

Ein grosser Tisch steht mitten im Raum; daran arbeiten beide, Gert und Leon; sie sitzen sich gegenüber und breiten ihre Zeichnungen vor sich aus.

In einer Ecke, der Tür gegenüber, steht Leons Bett, breit und nieder, mit grossen Kissen bedeckt. Abends legt sich Leon quer auf dieses Bett und isst in horizontaler Lage, den Teller kunstvoll balancierend. Dann nimmt er den Hörer vom Apparat und telephoniert seinen Freunden. Gert hört zu und spielt Grammophon, wenn es ihm zu lange dauert.

Im Badezimmer, das geräumig und hell ist, steht ein Feldbett, ursprünglich für Gäste bestimmt, jetzt aber ihm gehörend.

Gert fühlt sich hier zu Hause. Er hat sich daran gewöhnt, jeden Abend einzukaufen, wie ein Student – dazu hat Leon nämlich keine Zeit, weil er abends besonders gut arbeitet –, und er kocht jeden Morgen Kaffee in einer kleinen Maschine, die im richtigen Augenblick pfeift und deshalb einfach und glücklich zu handhaben ist. Auch sonst macht der Haushalt nicht viel Mühe. Leon findet in dieser Beziehung alles „überflüssig“; auf Mahlzeiten, geordnete Tageszeiten, regelmässige Nachtruhe nimmt er keine Rücksicht, er lebt planlos, alles dem Zufall überlassend, verschwenderisch mit Stunden, Tagen, Wochen umgehend. Auch daran hat Gert sich rasch gewöhnt, und obwohl er abends ungern arbeitet, fällt es ihm doch nicht ein, früher schlafen zu gehen. Er legt sich auf Leons Bett und träumt im Halbdunkel rauchend vor sich hin, am Tisch sitzt Leon, eine kleine Lampe scheint hell auf sein gesenktes Gesicht.

Er macht Zeichnungen für ein Modeblatt, schlanke, unwahrscheinlich geschwungene Frauen mit viel zu kleinen Köpfen und Füssen; in wenigen Linien werden Ausschnitte, Gürtel, Pelzkragen angedeutet, Farben mit einem dünnen Pinsel und viel Wasser ausgemalt, daneben folgen umrisshaft kleine Rückenzeichnungen der neuen Modelle.

Eine ganze Reihe solcher Blätter wird in einem Nachmittag entworfen und ausgeführt, dann lässt Leon alles liegen und wirft sich neben Gert auf das Bett.

„Jetzt wird Grammophon gespielt“, sagt er heiter, „und gegessen und telephoniert. Wir gehen aus, Gert, was meinst du?“ Und Gert stimmt zu, obwohl er sehr müde ist, und sitzt zwischen Leons Freunden, ein wenig bleicher als früher, mit glänzenden Augen, die halbe Nacht hindurch. Leon sieht ihn oft an und lächelt. Aber es kann auch vorkommen, dass er ihn vergisst, dass er mit irgend jemand fortgeht und ihn zurücklässt. Dann bleibt Gert mit Leons Freunden zusammen, welche freundlich und vergnügt sind; sie bewundern Leon und nennen ihn eine ihrer begabtesten „Aussichten“, Gert hingegen nehmen sie nicht ernst, er sitzt so still zwischen ihnen und hat sich bisher durch nichts hervorgetan. Wenn Gert nach Hause kommt, ist Leon meistens noch nicht zurück. Gert beginnt langsam sich auszuziehen und lauscht dazwischen, ob er Leon auf der Treppe höre. Lange geht er im Studio umher, er schliesst die Vorhänge, ordnet die Zeichnungen auf dem Tisch und bleibt manchmal neben der Tür stehen. Endlich schläft er doch ein, das Licht brennt noch, und die Tür steht offen.

Wenn Leon zurückkommt, geht er auf Zehenspitzen hinüber, löscht das Licht und zieht geräuschlos die Tür zu. Aber als Gert einmal erwachte, begann er laut Leons Namen zu rufen, er zitterte am ganzen Körper und hielt das Gesicht in sein Kissen gepresst. Leon kam herein. „Was ist denn los", sagte er, „bist du irrsinnig geworden?" Gert sah nicht auf, seine Schultern zuckten, als schluchzte er.

Leon setzte sich neben ihn und streichelte ihn. „Ich werde dich abends nicht mehr allein lassen", sagte er sanft. „Aber Gert, hörst du denn nicht: Ich werde dich nie mehr allein lassen – ich wusste nicht, dass es dir weh tut, Gert, armer Junge", und er fuhr fort, Gerts zitternden Körper zu streicheln.

Manchmal haben Leons Freunde mit Gert heftige Auseinandersetzungen; sie freuen sich an Streit und Erbitterung, sie sprechen mit leidenschaftlich erhobenen Stimmen, vertreten Partei und Gegenpartei, ihre Aussprüche sind rasch und geschliffen, die Worte klirren wie Waffen gegeneinander. Gert, anfänglich schüchtern, beginnt ihre Methoden zu lernen, er verteidigt sich mit gegenwärtiger Schlagkraft, und während sie achtlos ihre Argumente wechseln, bleibt er mit Beharrlichkeit bei einer Behauptung, zwingt sie, darauf zurückzukommen, hält ihnen aufs neue, triumphierend, denselben Satz entgegen, an dem ihre Waffen zerbrechen.

Aber Leon, welcher sich selten beteiligt, beendigt den

Kampf unerwartet; er sagt mit seiner gleichgültigen und fernen Stimme ein paar Worte, die ihre Anstrengungen zunichte machen, es war nur ein Spiel, er sagt deutlich, dass sie ihre geistreichen Sätze für sich behalten sollen, sie seien zu aufgeregt und er ziehe es vor, etwas mehr Ruhe um sich zu haben.

„Aber du hast dich brav gehalten", sagt er dann und legt den Arm um Gerts Schulter. „Nur nimmst du diese Jungen viel zu ernst. Euch kann man ja gar nicht ernst nehmen, uns alle nicht. Ich bin dafür, dass wir jetzt ein neues Spiel anfangen!"

Und die anderen hören begierig auf seine Vorschläge, die er dartut, als gewährte er ihnen eine Gnade.

Leon wird wirklich geliebt. Diese jungen Leute schätzen alles, was Talent ist, in hohem Masse, sie lassen sich leicht bestechen, sie lieben die Schönheit vor allem, sie sagen es offen, dass Leons Bilder ebenso schön seien wie er selbst und dass, wenn man seine Bilder liebe und den verführerischen Zauber ihrer Farben, man dann auch ihn lieben müsse, nicht nur ihn bewundern, denn dazu sei er ihnen zu nahe, ebenso jung, ebenso leichtsinnig wie sie; selbst seine Äusserungen und die Art seiner Arbeit entspreche ihnen, sei ihnen verständlich und ihrem Gefühl zugänglich, deshalb müssten sie Leon lieben und sich um seine Gunst bewerben.

„Du, Gert, verstehst das überhaupt nicht, und du stehst uns im Wege. Du kannst dich Leon nicht angleichen, immer willst du zuviel, du überlädst dich mit Forderungen, du quälst dich."

„Tut ihr das nicht?"

Nein, sie wollen sich nicht quälen. Sie haben nicht so viel bewussten Willen wie er, sind dankbarer. Er sei Leon nicht dankbar, sagen sie, als wisse er nicht, was es bedeutet, mit Leon befreundet zu sein. Seit Wochen wohne er mit ihm zusammen; die ganze Stadt wisse, dass sie Freunde seien, das allein genüge doch, um Vertrauen zu erwerben, er aber nütze es nicht aus, er gehe umher wie ein vereinsamter Mensch, seine Zeichnungen seien hart, fremd, ohne eine Ahnung von der bezaubernden Flüssigkeit Leons.

„Lasst ihn doch in Ruhe“, sagt Leon, „er ist leichter zu beeinflussen als ihr alle. Ihr ahmt nur nach und macht eine Mode aus mir, er aber liebt mich. Nicht wahr, Gert, du liebst mich! Ich werde aus ihm schon etwas machen; vielleicht ist es gut, dass seine Zeichnungen euch fremd scheinen, vielleicht hat er Talent, und das habt ihr alle nicht!“

Sie schreien laut vor Entrüstung, sie stürzen sich auf Gert, das „neu entdeckte Talent“, aber im selben Augenblick lachen sie und umarmen ihn von allen Seiten. „Leon hat es selbst gesagt“, rufen sie, „es ist ihm nicht ernst damit! Ach, Gert, du Günstling unseres angebeteten Leon, hoffentlich hat er bald genug von dir, du bist unserer grossen Mode und unserer Liebe zu ihm im Wege!“

Gert, an der grossen Tischplatte Leon gegenübersitzend, müht sich an seinen Zeichnungen. Er ist müde, die Gedanken verschwimmen ihm, als träumte er; was er zeichnen wollte, hat er schon wieder vergessen. Man sollte nicht mehr denken müssen, man sollte den Kopf befreien von allem Lästigen, irgendwo sollte man sich hinlegen und die Augen schliessen. Aber vor allem: nicht mehr denken müssen. Leon zeichnet unablässig, pfeifend, mit gesenktem Kopf. In kurzer Zeit wird er fertig sein, wird aufspringen und davonlaufen, ohne sich um Gert zu kümmern. Vielleicht wirft er einen Blick auf Gerts Zeichnungen und fragt, was er denn die ganze Zeit über gemacht habe. Und wenn Gert ihm sagt, dass nichts ihm gelingen wolle, dass er müde sei, unerträglich müde, wird er ihm vielleicht mit der Hand übers Haar fahren.

Das ist alles. Darauf freut sich Gert. Und gleich darauf sinkt er enttäuscht und mutlos zurück. Er beklagt sich nicht mehr, er hat Angst, Leon zu ärgern. Seit jener Nacht war Leon immer freundlich zu ihm und vernachlässigte ihn weniger als früher. Manchmal schont er ihn in rührender Weise, fast frauenhaft wirkt seine Aufmerksamkeit, er lächelt ihm zu und unterbricht eine laute Bemerkung, die ihn verletzen könnte. Er fragt ihn plötzlich besorgt, warum er blass sei, ob er zuwenig schlafe, ob er es nicht vertrage, jede Nacht auszugehen.

Aber im nächsten Augenblick vergisst er alles, sogar Gerts Antwort, streichelt nur seine Stirn und geht fort, flüchtig und unbeteiligt. Manchmal geht Gert dann zu seinem Freund Ferdinand, der in seiner Mansarde zwischen Noten wühlt; das kleine Mädchen bringt ihnen Tee und hört eine Weile ihren Gesprächen zu, manchmal singt sie auch, mit ihrer zarten und reinen Stimme, und fragt Gert, ob er finde, sie habe Fortschritte gemacht.

„Aber ich mache keine Fortschritte“, klagt Gert, plötzlich wieder an seine Leiden erinnert. „Du wirst sehen, Ferdinand, dass aus mir nichts werden kann. Selbst Leon, der zuerst an mich glaubte, sagt jetzt, ich dürfe meine Arbeit nicht so wichtig nehmen.“

„Damit sagt er nicht, du seiest untalentiert. Er hat sogar recht, du darfst die Arbeit nicht so wichtig nehmen. Du bist nicht mehr unbefangen, du vergleichst zuviel. Was heisst das, Leon habe ‚an dich geglaubt' – brauchst du dazu Leon? Wenn du doch lernen wolltest, dass man nicht nötig hat, an dich zu glauben, es genügt, wenn man deiner Bemühung glaubt!"

„Wer glaubt daran!"

„Jeder, der dein ehrliches Gesicht sieht. Aber vielleicht nicht Leon. Der hat dafür keine Zeit. Er muss zuviel an sich selber denken."

„Sage nichts gegen Leon!"

Ferdinand lacht. „Nein", sagt er, „ich weiss, dass ich nichts gegen ihn sagen soll." Aber sogleich wieder ernst, fährt er fort: „Leon kann wunderbar und unvergleichlich begabt sein. Aber für dich ist er schlecht, weil du dich nicht gegen ihn wehren kannst."

Gert weiss es jetzt: Er kann sich gegen Leon nicht wehren. Er wird immer aufs neue bezaubert sein, angezogen durch seine Freundschaft, durch seine Art zu sprechen, durch seine schönen und gleichmässigen Bewegungen, immer wieder überrascht von tausend kleinen Dingen, welche nur Leon in dieser Weise einfallen konnten, und gewonnen durch jede Regung der Zärtlichkeit, die Leon in vollendeter Anmut besitzt. Aber zu was wird es führen? Gert denkt an Leons weisses Gesicht und dass er „daran gefesselt" sei; er findet diesen Gedanken abgeschmackt, aber ist es nicht dennoch so: Er leidet, wenn Leon ihn einen Tag allein lässt, vielleicht aus Eifersucht, vielleicht, weil er nicht mehr gewöhnt ist, ohne ihn zu sein.

Leon hätte recht, ihn auszulachen, er selbst leidet niemals, er liebt Gert und ist bereit, vieles für ihn zu tun, aber Gert hat nicht die Möglichkeit, seine Teilnahme zu erwecken. Das ist die eigentliche Schranke ihres Gefühls: Gert, selber erschüttert und ganz hingegeben, kann Leons Herz nicht berühren, er ist zu schwach, er wird es niemals erreichen, dass Leon seinetwegen leidet, und auch die Bilder, die er malt, werden die Herzen der Menschen nicht rühren können.

Die Bäume biegen sich in Frühlingsstürmen, von jähen Stössen erfasst, ächzen sie atemlos, im Wald saust und pfeift der Wind gewaltig, krachend stürzen dürre Zweige auf den Boden, die Tiere fliehen erschreckt, in grossen Sprüngen eilen sie in das schützende Dickicht. Aber hemmungslos rast der Wind in die Ebene, das kurze Gras legt sich flach, Staub wirbelt auf den Feldwegen. Die Bauern sehen prüfend den Himmel an und bedenken das Jahr, sie schreiten ihre Felder ab, in grossen Schollen liegt die frisch gebrochene Erde zu ihren Füssen. Auf der Landstrasse fahren Wagen zur Stadt, der Wind jagt hinter ihnen und reisst an den Verdecken. Durch kleinste Öffnungen dringt er wirbelnd ein, Schrauben klappern, das gespannte Segeltuch flattert, als würde es von den hölzernen Trägern gerissen.

Man müsste das Verdeck nachsehen lassen, denkt Ines, die in Gerts ererbtem Wagen zwischen Stadt und Horizont der Strasse folgt. Es ist dieselbe Strasse, auf welcher sie letztes Jahr mit Gert und Bernhard fuhr und von welcher Bernhard sagte, sie führe in gerader Linie in den Horizont, wo eine neue, verlockende Ferne beginnen müsse. Bis dorthin ist Ines heute nicht gelangt, sie schwenkte in ein kleines Nebental, wo der Wind weniger bedrohlich gegen die Scheibe raste, und besuchte eine Freundin, die an der friedlichsten Ecke, wohlgeborgen hinter Wald und Hügel, mit Mann und Kindern ein kleines Haus bewohnte.

Die Kinder gingen nicht in die Schule und konnten weder lesen noch schreiben – zwei kleine Wilde mit flatternden Haaren und erstaunlich weissen Zähnen, barfüssig und braun, welche sich mit tobendem Geschrei auf Ines stürzten, so dass Flock sich vorsichtig knurrend zurückzog. Doch entdeckten sie ihn bald und umringten den beschämt Dastehenden in jubelndem Entzücken. Ihre Liebkosungen waren gefährlich und stürmisch, sie pressten den Kopf des guten Tieres in ihren Armen, rissen an seinen frischgewaschenen Pfoten und wurden durch sein zähnefletschendes und abgründig rollendes Knurren nicht abgeschreckt. Endlich erregte aber der Wagen ihre Aufmerksamkeit, sie erstürmten ihn und richteten sich darin eine Festung ein, die sie gegen alle Angriffe ihrer Mutter und der fremden Dame mutig zu verteidigen gedachten. Bedrohlich tönte das Signal über den kleinen Hof und fand im Wald ein klagendes Echo.

Die Mutter, dunkeläugig und blond, zeigte indessen Ines die Räume ihres Hauses; sie hatte den Arm um sie gelegt und sprach lebhaft und freudig auf sie ein. Ob man nicht kochen wolle, fragte Ines, sie verspüre bereits einen gewaltigen Hunger. Worauf sie vereint in der Küche zu hantieren begannen, Ines etwas ungeübt, aber geschickt und würdevoll mit einer weissleinenen Schürze bekleidet.

Beim Mittagessen erklärten die kleinen Wilden, sie würden sich von ihrer Festung nicht mehr trennen, schlimmstenfalls würden sie sich entschliessen, das Haus zu verlassen und mit Ines in die Stadt zu fahren. Besser aber wäre es, wenn Ines hierbleiben würde, ihr Zimmer mit zwei Betten stehe ihr zur Verfügung. Ines lehnte das gütige Angebot ab, die „Festung“ gehöre nicht ihr, und sie könne deshalb nicht frei darüber verfügen. Stürmisch befragt, erzählte sie von Gert, dem glücklichen Besitzer, und wurde verführt, ihn als einen echten Helden und bezaubernden Freund darzustellen, und die Kinder forderten daraufhin drohend, dass dieser Mann ihnen das nächstemal nicht vorenthalten würde. Ines versprach es beim Abschied und packte Flock, der, am Morgen in frischer und blütenweisser Schönheit mitgenommen, nach etlichen Stunden freien Jagens einen betrüblichen Anblick bot. Doch war er sich dessen wohl bewusst und hielt sich im Laufe der Fahrt rücksichtsvoll auf seinem Platz, kaum dass er mit der Schnauze manchmal vorsichtig das Knie seiner Nachbarin berührte. Ines beachtete ihn wenig, ihr Freund Gert nahm ihre Aufmerksamkeit in Anspruch, der bezaubernde Freund, dessen qualvoll entmutigte Briefe uneingestanden und dringend ihre Hilfe anriefen.

Er schrieb, er werde sein Studium nicht wieder aufnehmen, denn keinesfalls könne er auf die Malerei verzichten, an der ihm inniger denn je gelegen sei. Er habe seinen Eltern geschrieben, und sie hätten ihm erlaubt, in Berlin zu bleiben. Von Berlin selbst kenne er so gut wie nichts, es sei auch nicht so notwendig, denn am liebsten sei er mit Leon allein und arbeite mit ihm in ihrem Studio. Wieviel er allerdings von Leon lernen könne, wisse er nicht. „Denn Leon ist kein Lehrer, es liegt ihm nichts daran, mir etwas mitzuteilen. Das soll kein Vorwurf sein, denke bitte nie, dass ich Leon etwas vorzuwerfen habe. Aber manchmal scheint mir, es sei ihm überhaupt gleichgültig, ob ich gut oder schlecht male, anscheinend hat er mich gern bei sich, er sagt, er ertrage mich gut, aber er spricht nicht mit mir über Kunst. Das ist auch ganz unwichtig, Ferdinand sagt, man soll über Kunst nicht sprechen, es würde mich sicher nur beunruhigen. Dass Leon mich gut erträgt, ist hingegen wichtig. Du kannst dir nicht denken, wieviel Menschen ihn lieben und mit welcher Begeisterung seine Sachen von allen jungen Künstlern aufgenommen werden. Er ist mit allen freundlich, aber die meisten erträgt er nicht lange, er wird nervös und schickt sie weg. Es ist nicht leicht für ihn, weil er doch viel begabter ist als alle anderen. Er weiss es und sagt es ihnen ins Gesicht, aber oft denke ich, dass er froh wäre, jemanden zu finden, der ihm überlegen ist. Du kennst ihn ja, er hat eine hochmütige und verletzende Art, aber du kannst mir glauben, dass er nicht hochmütig ist, es ist eine Haltung von ihm, nichts weiter. Ich weiss, dass er, wie Christina, im Grunde schwermütig ist, man hört es seiner Stimme an, und ich fühle es oft, wenn wir allein sind. Er ist viel freundlicher, wenn er mit mir allein ist, er verletzt mich niemals, und sein ganzes Wesen verwandelt sich. Ich kann dir nicht sagen, Ines, wie sehr ich ihn liebe!"

In späteren Briefen wächst Gerts Unruhe, obwohl sie „nie über Kunst sprechen". Es scheint, dass die ständige Gegenüberstellung Leons ihn unsicher macht; er schreibt, er sei von Leon beeinflusst, obwohl er ihn weniger nachahme als die anderen. Man könne sich schwerlich seinem Einfluss entziehen, genau wie der Zauber seiner Gegenwart sei auch die Art seiner Arbeit fesselnd und mahne zu ständiger Kritik.

Aber Gert wusste anscheinend, dass diese Kritik im Grunde falsch und für ihn geradezu verderblich war, in jedem Brief wiederholte er dringender, dass Leon stärker als er, ihm in allen Dingen überlegen sei. Hie und da schien er zuinnerst zu rebellieren, er empörte sich wie ein junges Tier und raste in zornigen Ausdrücken, doch immer nur in dem einen Sinn: dass er leide, dass er Leons wegen leide, während der ihm kühl gegenüberstehe und niemals auch nur zu ahnen scheine, was er Gert antue. Seine „Unfreiheit" hingegen brachte er niemals mit Leon in Zusammenhang. Er schrieb manchmal, er sei müde und die Stadt bedrücke ihn, nach Land sehne er sich, nach Feldern und Wiesen, nach Aufstieg und Niedergang des Tages, nach Wind und Weite.

Jetzt ertrug er es auch nicht mehr, mit Leon zu arbeiten, die vielen Stunden quälender Bemühung schienen ihm verloren, er sah Leon zu, der emsig und unbekümmert zeichnete und dessen Stirn von keinem Schatten getrübt wurde. Er sass ihm an ihrem grossen Tisch gegenüber und liess die Hand sinken, grübelnd sah er ihn an, verfolgte die schöne Linie der Haare, die ausgeglichenen und allzu ebenmässigen Züge, die durchsichtige Haut der Schläfen. Unter bläulichen Lidern glitt Leons Blick prüfend über das Papier, dann sah er auf und lächelte flüchtig zu Gert hinüber; einen Augenblick hielt er inne, spielte mit dem Bleistift in seiner Hand.

„Wir wollen aufhören", sagte Gert.

Leon lächelte und begann wieder zu zeichnen.

„Wir wollen aufhören. Ich möchte heute nicht mehr arbeiten." Gert setzte sich auf die Lehne von Leons Stuhl. „Mir zuliebe, Leon", sagte er.

Leon legte den Bleistift weg. „Dir zuliebe", sagte er. „Was machst du denn, so ganz ohne Ausdauer?"

„Bühnenentwürfe", sagte Gert. „Ein blöder Einfall von Ferdinand. Aber man müsste es eigentlich können!"

„Ja, man müsste es können. Gib deine Blätter her." Pfeifend betrachtete Leon die Zeichnungen. „Verdammt ungeschickt machst du das“, sagte er. „Man könnte dich für einen völlig talentlosen Burschen halten.“ Mit Kohle zeichnete er auf das Blatt. „Wird es besser?“ fragte er und zeichnete nachlässig.

„Ja“, sagte Gert, der ihm über die Schulter sah. „Warum konnte ich es nicht?“

„Du könntest es schon. Denk nicht zuviel darüber nach. Komm jetzt, wir wollen heute nicht mehr arbeiten!“

Am nächsten Tag jedoch malte Leon in blassen Aquarellfarben eine Landschaft von unerklärlich reizvoller Wirkung, und Gert grübelte wieder, hoffnungslos, warum ihm eine solche Zartheit nicht gelingen wolle.

Ines hatte einige Skizzen, die sie von Gert besitzt, der Kritik eines angesehenen und vertrauenerweckenden Malers unterbreitet. Dieser, ohne selbst in seinen Leistungen über das Mittelmässige hinausgewachsen zu sein, beweist in seinem Urteil eine schöne Mässigung. Mit sicherem Gefühl lehnt er nicht nur alle dilettantischen Versuche ab, sondern ebenso alle Auswüchse eines unnatürlichen und erzwungenen Geschmacks. Er hat einen ungetrübten Blick für Echtheit und Berechtigung eines Kunstwerks, sein ganzes Wesen atmet Aufrichtigkeit, Unbestechlichkeit und tiefwurzelnde Empfindung. Ines schätzt eben diese Unbestechlichkeit, sie fordert ihr Vertrauen und scheint ihr die einzige Gewähr, die eine Kritik überhaupt besitzen kann. Gerts Briefe haben sie beunruhigt, seine endlosen Klagen, seine Gehemmtheit, seine Entmutigung sind vielleicht doch Zeichen eines wirklichen Ungenügens ...

Aber zu ihrer Überraschung erklärt der angesehene

Mann, hier liege zweifellos eine Begabung vor, es seien die ungeschulten Versuche eines eigenartigen und künstlerisch empfindsamen Menschen. Nachdenklich die Zeichnungen betrachtend, fügt er hinzu, die Ausdrucksfähigkeit sei in merkwürdiger Weise gehemmt, man müsste diesen jungen Menschen in eine neutrale Umgebung bringen, ihn dann aber mutig sich selbst überlassen.

Ines erklärt heiter, diesen Mut habe man bereits gefunden und das Schicksal werde wohl das seinige tun – und sie beschliesst, eilends eine Autofahrt zu unternehmen, um der Versuchung zu entgehen, in überstürzter Freude an Gert zu schreiben. So viel Angst, denkt sie während der Fahrt, so viel unnötige Angst und so wenig Vertrauen!

Flock, beunruhigt durch die ungewohnt rasche Fahrt, stösst mit der Schnauze sanft mahnend an ihr Knie.

Nebeneinander auf dem breiten Bett liegen Gert und Leon; die Lust zur Arbeit ist ihnen vergangen, seit Tagen haben sie keinen Bleistift mehr berührt, Unruhe liegt in der Luft. Auf dem Land läuten jetzt die Osterglocken, und die Bauern gehen schwarz gekleidet zur Kirche; in allen Gärten laufen Kinder mit bunten Eiern herum.

Man kann jetzt nicht mehr arbeiten, rauchend liegt man auf dem Bett und sieht zur Decke empor, man spricht von Reisen, von endlos weiten Reisen, Plan auf Plan entsteht und wird wieder verworfen, weil neue, buntere, zauberhaftere Verlockungen ihn verdrängen.

„Geld“, sagt Leon, „wir haben kein Geld.“ Aber Gert, beide Arme ausbreitend, als umfasse er alle Reichtümer der

Erde, glaubt an keine Schwierigkeiten. Wie sollte Geld sie an etwas hindern können, wie sollte Geld nicht zu beschaffen sein, jetzt, da sie es nötig haben. Und er verspricht in lästerlichem Übermut, in einer Woche, in drei Tagen, morgen schon werde es zur Stelle sein.

Leon ergreift mit beiden Händen Gerts Kopf. „Es war hohe Zeit, dass du endlich wieder fröhlich und klug wurdest", sagt er und schüttelt ihn drohend. Gert, noch immer strahlend, reisst sich los und sagt, dies alles sei Leons Schuld, er sei dagegen nichts als ein armer Lehrling, ohne Verantwortung und Verdienst, gänzlich angewiesen auf ihn, seinen angebeteten, geliebten, ach viel zuviel geliebten Lehrer.

„Eine abscheuliche Bezeichnung", sagt Leon, „ich hätte dir eine reizvollere Phantasie zugetraut." Und sie fangen wieder an, Pläne zu machen, kühn und ausschweifend, alle Hindernisse verleugnend und bereit zu unerhörten Abenteuern.

Freunde kommen, klopfen vergeblich mehrere Male und finden eindringend die beiden mit verschlungenen Armen auf dem Bett ausgestreckt. Leon wendet den Kopf und ruft, sie sollten sich setzen, hier würden Pläne gemacht, gewaltige, welterschütternde, und sie seien eingeladen, daran teilzunehmen. Im Halbkreis sitzen sie um die beiden Freunde, der Rauch der Zigaretten wird immer dichter und steigt in bläulichen Wellen zur Decke; man wird Grammophon spielen und Leons Pläne hören, ein Fest wird daraus werden, ein verfrühtes Fest des Abschieds zur grossen Reise. Zwei kleine Mädchen werden beauftragt, für eine wohlangerichtete Tafel zu sorgen, und beladen mit Tellern, Sandwichpaketen und Weinflaschen kehren sie zurück. Leon trinkt, auf dem Rükken liegend, und füttert Gert mit Vorsicht und Geschicklichkeit, der aber träumt schon, an Leons Schulter gelehnt, von südlichen Gestaden.

Später sind alle betrunken, sie gehen umher und sagen langsam Gedichte auf, schwermütig singen sie zu den Grammophonplatten und stossen mit den Gläsern an, schwankend und sinnlos. Ein Mädchen sitzt am Fussende von Leons Bett und sieht Gert an, ohne Unterlass und mit krampfhaft geöffneten Augen. Leon sagt ihr mehrmals: „Geh weg, geh jetzt sofort weg", aber sie hört nicht auf ihn und sitzt unbeweglich. Mit grossen Schritten geht ein Junge auf und ab, als steige er über eine Treppe, vor dem Bett verneigt er sich und grüsst mit feierlicher Gebärde. Von „königlichen Prinzen" murmelt er etwas, und die anderen betrachten ihn scheu aus der Entfernung.

Gert ist schläfrig und sieht alle Gestalten wie durch einen Nebel. Verwirrten Sinnes erinnert er sich an jenes Abschiedsfest für Ferdinand, weit zurückliegend, welches sie in seinem Zimmer feierten. Damals lag der Knabe Bernhard auf seinem Bett ausgestreckt, Ines kam plötzlich herein und sagte: „Ich seid also wirklich betrunken!"

„Was ist mit Bernhard?" fragt Leon und beugt sich über Gert. Er sitzt mit dem Rücken an die Wand gelehnt und hält ihn mit einem Arm umschlungen.

Als einziger nüchtern geblieben, regiert er die schwankende Schar, er schickt diejenigen fort, welche versuchen, sich ihm oder Gert zu nähern, sein weisses Gesicht steht hochmütig über ihren lächerlichen Spielen. Durch den Rauch sieht man die beiden Freunde wie königliche Prinzen, Schulter an Schulter auf dem erhöhten Bett.

Nach einigen Erwägungen wird der Norden verworfen, dort fegen wohl noch Stürme übers Land, die Bäume sind unbelaubt, und Feuchtigkeit hängt in der Luft. Nach Süden also, durch Deutschland abwärts, den Rhein entlang bis zu den schweizerischen Städten, welche an Flüssen und Seen gelegen sind, und immer südwärts an den Rand der Gebirge, wo jenseits die italienischen Länder beginnen, die Hänge des Tessins, mit jungen Birken bewachsen, deren durchsichtiges Grün sich mit der ebenso durchsichtigen Farbe des Himmels vermischt.

Lugano: Südlicher Zauber lockt, der See liegt blau und unbewegt, Dörfer kleben ineinandergebaut an steil aufstrebenden Berghängen, weisse Kirchtürme mittendrin. Kleine Treppen aus groben Steinen führen zum Ufer hinab, Esel trotten mit melancholischen Ohren über holpriges Pflaster, die Karren schwanken zweirädrig und hoch, braune Burschen schlagen mit Peitschen und lassen ungewaschene Beine hängen, ihre Sohlen sind grau wie der Staub der Strasse. In Lugano selbst: gepflegte Anlagen, breite Strassen, erste hellgekleidete Ostergäste, bunte Hotelboys am Bahnhof, Gärtner in allen Beeten, grüne Rasenflächen, frühblühende Kamelien, schwankende Barken an der Kaimauer. Ein grosses Hotelzimmer gehört Gert und Leon, die Balkontür ist geöffnet, davor liegen See und Gebirge in bläulichem Hauch.

Im Garten bewegen sich munter die Gäste, mit unnötigen Sonnenschirmen bewaffnet; in der Halle findet man sie wieder. Man geht in den Speisesaal, wo zwischen vielen Spiegeln Kellner eilfertig hin und her gehen und ein Schwarzbefrackter höheren Ranges den beiden Freunden einen Tisch zuweist, mit bester Aussicht und einer Kamelienblüte geschmückt. Es ist nicht anders als im heimatlichen Deutschland, man wendet sich nach ihnen um, wenn sie vorübergehen, man sieht ihnen mit Neugierde und Aufdringlichkeit ins Gesicht, man wundert sich über sie, sie sind schön und merkwürdig, ihre Haltung verrät Gleichgültigkeit und Selbstbewusstsein, sie scheinen vertraut wie Brüder, und man sieht sie manchmal mit verschlungenen Armen am Kai entlanggehen.

Christina entschliesst sich, nach Lugano zu fahren. Sie benachrichtigt Leon und Gert nicht, sie packt einen Koffer, sendet ihn zur Bahn und reist durch Deutschland, durch die Schweiz, durch den langen Gotthardtunnel dem Süden zu. Am Bahnhof von Lugano übergibt sie ihren Gepäckschein einem der bunten Boys und geht zu Fuss in die Stadt hinunter. Beinah hätte sie vergessen, in welchem Hotel Gert und Leon wohnen, in einem der weissen Paläste am Seeufer, auf denen rotweisse Schweizerfahnen aufgepflanzt sind ... Lautlos und rasch führt der Lift sie empor, am Ende eines langen Ganges zeigt man ihr eine Tür, vor welcher zwei Paar braune Golfschuhe stehen.

Leon ist allein im Zimmer. Er sitzt am Schreibtisch und ruft „Herein“, ohne sich umzuwenden. „Hier bin ich, Christina“, sagt sie hinter ihm. „Wo hast du denn Gert gelassen?“ Und sie verschliesst ihm mit den Händen beide Augen.

Erst gegen Abend kam Gert von einem grossen Spaziergang zurück. Auf dem Weg dachte er an Leon, ganz betäubt, es schien ihm, das Leben habe ihm seine Gnade zugewendet, nie wieder werde er so glücklich werden können wie jetzt. Überwältigt von Freude, setzte er sich auf eine kleine Mauer und sah zu, wie die Sonne im See versank. Die Knaben, die auf hohen Karren an ihm vorbeifuhren, riefen ihn an und schwenkten fröhlich ihre Peitschen.

Gert sehnte sich plötzlich nach Leon, er begann die Strasse hinabzulaufen, er ging immer rascher und kletterte den steilen Abhang hinunter, um die Windungen abzukürzen; atemlos eilte er durch die Stadt und nahm sich nicht Zeit, Staub und dürre Blätter von den Kleidern zu klopfen. So kam er im Hotel an, er lachte dem Liftboy ins Gesicht, der ihn verwundert betrachtete, und lief ohne anzuklopfen in ihr Zimmer hinein. Christina stand in der geöffneten Balkontür, mit dem Arm umschlang sie Leons Schultern, der rittlings auf einem Stuhl sass, das Gesicht dem See zugewendet.

Gert blieb mitten im Zimmer stehen; er war noch ganz atemlos, sein Haar war verwirrt, und an seiner Jacke hingen dürre Blätter. Im Schatten des Zimmers schien sein Gesicht dunkel.

„Guten Abend, Gert“, sagte Christina, „freust du dich, dass ich hier bin?“

Gert näherte sich ihr rasch und fasste ihre Hände. „Ich habe dich zuerst nicht erkannt“, sagte er, „natürlich freue ich mich.“

Leon, der ihn beim Eintreten nicht beachtet hatte, wandte ihm jetzt langsam sein Gesicht zu.

Sie leben fortan zu dritt, was bei den Gästen neue Verwunderung, Vermutungen und Ratlosigkeit erweckt. Man streitet sich, ob die beiden grossen, blassen Menschen mit den jünglingshaften Gebärden Geschwister sein könnten, aber vergebens fragt man, was der hübsche, braunhaarige Junge dabei zu tun habe, welcher mit gesenkter Stirn neben ihnen geht und von ihnen mit nachlässiger Freundlichkeit behandelt wird. Man sieht ihn manchmal allein, er hat die Gewohnheit, gegen Abend auszugehen und in grosser Geschwindigkeit durch die Strassen zu laufen. Ein junges Mädchen, welches weissgekleidet neben seiner Mutter auf der Promenade auf und ab geht, vermutet, er sei der Verlobte jener grossen und seltsamen Frau; sie kann aber Christinas Schönheit nicht begreifen, allzu fremd ist ihr dieses dumpf-melancholische Gesicht; der braunhaarige Junge erregt recht eigentlich ihr Mitleid.

Ein wenig später trifft man Christina und Leon, sie gehen langsam nebeneinander, ihre Haltung ist herausfordernd und unbeteiligt. Sie sprechen wenig, Christina legt manchmal die Hand auf die Schulter ihres Bruders, der neben ihr zart und noch blasser erscheint.

Auf dem Heimweg treffen sie Gert, zu dritt gehen sie weiter und kaufen Obst in kleinen Läden. Manchmal langweilt es sie, im Hotel zu essen, sie gehen in Osterias, wo es nach Salami und Gebackenem riecht, dort sitzen sie auf halbdunklen Terrassen und trinken Chianti aus bauchigen, strohumflochtenen Flaschen.

Nachts bleiben sie lange wach. Leon liest, im Bett liegend, während Gert mit Christina spricht, die manchmal zu ihnen herüberkommt, wenn sie sich langweilt. Beide sprechen mit gedämpften Stimmen im Halbdunkel des Zimmers, und sie sehen oft zu Leon hinüber, dessen Gesicht von der kleinen Lampe auf seinem Nachttisch beschienen ist.

„Es geht dir gut bei Leon?“ fragt Christina. „Du machst Fortschritte, und du bist glücklich?“

Gert nickt und sieht Leon an. Aber wie in dumpfer Rebellion sagt er plötzlich: „Ich werde es eines Tages nicht mehr aushalten."

„Was denn", sagt Christina und legt einen Augenblick die Hand auf seine Stirne. „Du siehst schlecht aus, und du bist mager geworden. Was fehlt dir denn?"

Leon sieht von seinem Buch auf. „Er hält mich nicht aus", sagt er und zieht die Brauen hoch. „Nicht wahr, Gert, du wirst mich eines Tages nicht mehr aushalten!" Er senkt die Augen wieder auf das Buch.

Christina streichelt ihn, wie es früher Leon getan hat. „Du bist also noch immer feige, Gert", sagt sie, aber er schüttelt den Kopf und sieht sie an, und sie erinnert sich, dass Ines ihr einmal sagte, er öffne manchmal ohne zu sprechen den Mund, wie zu leidender Klage. „Schreib an Ines", sagt sie, „du kannst ihr alles schreiben, es macht nichts, wenn Leon wütend wird."

Aber Leon hört gar nicht zu.

Am nächsten Tag beginnt Gert einen Brief an Ines. Er hat ihr seit der Abreise von Berlin nicht geschrieben, die Tage vergingen so schnell, er war zu glücklich.

Christina und Leon sehen Photographien an, die Christina mitgebracht hat. Es sind Aufnahmen ihrer Masken und Statuetten, neue Arbeiten, die Leon noch nicht kennt. Sie neigen sich über die Bilder, ihre Gesichter berühren sich beinahe, der Schein der Lampe fällt darauf.

Gert liegt bewegungslos in der Dunkelheit und sieht zu ihnen hinüber, unablässig sieht er auf ihre schönen, makellos weissen Stirnen, die unbewegt und still geneigt sind.

Er fühlt sich grenzenlos allein. Er weiss, dass er sie jetzt nicht stören darf, wie oft hat ihm Christina gesagt, er solle sich nicht beklagen. Wie aber ist es, wenn er, von Schmerzen gequält, ihre Hilfe anrufen möchte, ist Leon nicht sein Freund, dem er sein Vertrauen geschenkt hat, an wen soll er sich wenden, wenn nicht an ihn?

Warum habe ich nicht den Mut, ihn anzusprechen, denkt Gert, warum schreibe ich Ines alles, was ich ihm sagen müsste, warum schreie ich es ihm nicht ins Gesicht. Aus Feigheit? (Ach, Gert, Sie sind ein feiger Mensch!) Ich bin aber nicht feig, ich weiss nur, dass es nichts helfen würde, mit Leon zu sprechen; ich verstehe nicht, was mich unglücklich macht, wie soll er es verstehen!

„Christina", sagt Gert laut, „Christina, ich möchte, dass du einen Augenblick zu mir kommst!"

„Geheimnisse?" Flüchtig hebt Leon den Kopf.

„Nein, ich habe keine Geheimnisse vor dir! Aber ich möchte, dass Christina mich küsst."

„Bitte, geniert euch nicht. Du bist heute merkwürdig, Gert!"

Christina steht auf und stellt sich unter die offene Balkontür. „Ich finde euch beide merkwürdig", sagt sie. „Von Berlin schreibt ihr begeisterte Briefe, hier aber spielt ihr die feindlichen Brüder und reisst euch um mich, als sei ich gekommen, um euch beide zu erlösen."

Leon hat die Arme unter dem Kopf verschränkt und sieht zur Decke empor. „Ach, Christina", sagt er, „von was soll ich denn erlöst werden! Ich brauche keine Erlösung, ich überlasse das diesem überschwenglichen Jüngling Gert, den du mir so freundlich ins Haus geschickt hast!"

„Liebst du ihn denn nicht?"

„Natürlich liebe ich ihn, er verlangt nur zuviel. Er ärgert sich, weil ich begabter bin als er, und er möchte, dass ich mich Tag und Nacht mit ihm abgebe."

Gert läuft mit blossen Füssen durch das Zimmer und bleibt vor Christina stehen. „Wir haben uns noch nie gestritten", sagt er, „ich will mich mit Leon nicht streiten. Aber ich habe dir schon gesagt, dass ich es nicht mehr ertragen kann. Es ist mir gleichgültig, wer von uns der Begabtere ist, das alles war kindisch von mir, und ich will nicht mehr daran denken. *Aber ich kann es nicht ertragen, ihm gleichgültig zu sein.* Lass mich doch reden, Christina, ihr seid euch ähnlich und ihr versteht euch, aber ich kann ihn nicht verstehen, obwohl ich ihn liebe, das ist es, was ich nicht mehr ertragen kann: So nah bei ihm zu sein, Christina, und doch nicht bei ihm!"

Leon sagt dazwischen: „Kannst du dir denken, dass er im Schlaf aussieht wie ein Kind?" Und zu Gert: „Sei doch ruhig, Gert, komm jetzt lieber zu mir!"

Aber Gert hört nicht mehr auf ihn, er steht an der Wand und hält sich mit beiden Händen daran fest. „Ich will allein bleiben", sagt er beinahe schreiend, „Leon soll mich in Ruhe lassen."

Christina unterbricht ihn. „Du bist ja ganz irrsinnig", sagt sie, „geh jetzt sofort in dein Bett, ich will von dir nichts mehr hören!"

Aber Gert schreit mit aufgerissenem Mund, sein Gesicht ist kalkweiss, und er zittert am ganzen Körper.

Gert ist allein nach Berlin zurückgekehrt. Verbittert und mutlos, traurig im tiefsten Herzen, sitzt er in Leons grossem

Studio. Es gelingt ihm nicht, einen vernünftigen Entschluss zu fassen, er weiss nicht, ob er arbeiten soll, er hat niemanden, den er um Rat bitten möchte.

Christina und Leon fahren indessen nach Florenz; sie wollten Gert mitnehmen und versuchten den ganz Verstörten mit freundlichen Worten aufzuheitern, aber seine Stellung war gründlich verdorben, und Leon fand nicht zu Unrecht, eine Trennung würde für ihn das beste Heilmittel sein.

Allerdings kann Gert ihm nicht verzeihen, dass er von Leon wie ein Kranker behandelt wurde. Seine Nerven seien angegriffen, behauptete er, und man müsse ihm deshalb mit Schonung entgegenkommen. Als ob nicht gerade diese Schonung Rebellion und Verzweiflung in ihm geweckt hätte! Gert ist sich darüber nicht klar, er macht sich Vorwürfe, dass er Leon verletzt und beleidigt habe, und er gesteht sich ein, dass Leon nie anders als freundlich zu ihm gewesen sei. Vergebens fragt er sich, was ihn so unversehens in diesen wilden Aufruhr gestürzt habe.

Er sehnt sich nach Leon. Früher sass er ihm an diesem grossen Tisch gegenüber, und er war da, wenn Gert morgens aufwachte. Gert erträgt es schlecht, allein zu sein, aber er ist zugleich von einer merkwürdigen Scheu befallen, andere Menschen zu sehen. Er hat niemanden besucht, keiner seiner Freunde weiss, dass er zurückgekommen ist. Sein Stolz ist empfindlich getroffen.

Drei Tage sind unter solchen Umständen eine lange Zeit. Es kommt Gert vor, als sei er nie mit Leon fortgefahren, die Kirchtürme im Tessin, der blaue See und der südliche Himmel darüber versinken, als habe er davon nur geträumt, er erinnert sich dunkel an ihre Fahrt, an ihr Zimmer, an die geöffnete Balkontür. Manchmal versucht er, sich alle Einzelheiten eines Abends hervorzurufen: Er traf Leon und Christina am Seeufer, sie gingen durch eine breite Strasse, in der Stadt kaufte Christina Mandarinen, welche in einem braunen Korb unter der niedrigen Ladentür standen. Sie hatte kein Kleingeld. Gert griff mit der Hand in die Tasche und zahlte mit einem der grossen schweizerischen Fünffrankenstücke. Es wog schwer in seiner Hand. In einer Osteria assen sie gebackene Fische, es roch nach Öl und Salami. Leon trank an jenem Abend viel Wein. Die strohumflochtene Flasche stand auf dem Tisch, das Tischtuch hatte viele Flecken. Sie sassen auf einer Terrasse, von unten tönten die Geräusche der Strasse herauf. Eine Katze strich leise klagend um die Tische, man warf ihr Brot und Makkaroni zu, und Gert nahm sie auf und streichelte ihr gelbliches Fell. Dann waren sie wieder in der Stadt, sie gingen Arm in Arm, und Leon pfiff ein Strassenlied, das er von einem der kleinen, nacktfüssigen Eseltreiber gelernt hatte. Zu Hause pfiff er immer noch, sie standen auf dem Balkon und hatten zum Schlafen keine Lust. Manchmal fasste Leon Gert um die Schulter und presste die Finger gegen seine Brust, dabei sah er ihm unverwandt ins Gesicht.

Aber vielleicht täuscht er sich. Ich täusche mich, denkt Gert. Ich kenne Leon nicht. Es ist ein Name, eine Vorstellung. Eine zauberhafte Verführung seiner Bilder. Ach, Bilder, Farben, südlicher Himmel, Lugano. Es ist nicht möglich. All das ist nicht möglich. Hätte ich mich freiwillig von Leon getrennt?

Leon schreibt ihm von Florenz, die Stadt übertreffe alle Erwartungen, warm und verlockend seien die Nächte, und der Himmel senke sich herab wie ein Zelt. Er wolle mit Christina hier bleiben, wenn Gert Lust habe zu kommen, so möge er es ohne Zögern tun.

Ob ich keine Lust habe? denkt Gert und hält den Brief in der Hand.

Ich kann zu Leon fahren. Ich kann ja zu Leon fahren, wenn ich Lust habe.

Am Bahnhof nehme ich einen jener Züge, welche Tag und Nacht dem Süden zueilen. Durch das Fenster sieht man, wie das Land zurückgelassen wird, eine Rauchfahne weht weisslich hinterher. Morgen abend fährt der Zug in Florenz ein, man nimmt seine Handtasche und drängt sich durch die Menge der Wartenden, Gepäckträger stürzen herbei, draussen stehen Droschken und Taxis, rasch wird man durch die fremde Stadt geführt, vorbei an stillen Kirchen, an Palastfronten, breiten Treppen und Reiterstandbildern. Man hält vor einem Hotel und zahlt den Fahrer, ruhig folgt man dem höflichen Empfangschef und klopft an die Tür von Leons Zimmer.

Ich brauche mich nur zu entschliessen, wiederholt Gert ratlos, ich werde jemanden um Geld bitten. Vielleicht hat Ferdinand einen Fahrplan. Oder ein Reisebüro.

Aber es hat keinen Zweck. Zum erstenmal ist Gert allein, und die Züge werden ohne ihn nach Süden fahren, Tag und Nacht, unaufhaltsam.

Seit Betsy abgereist ist, macht sich Bernhard neuerdings Sorgen um seine Zukunft. Betsy teilte ihm unerwartet mit, dass sie in wenigen Tagen für immer fortfahren werde, nach New York nämlich, wo sie sich verloben wolle. Sie lachte, als sie sein verstörtes Gesicht sah, und holte zu seiner Erheiterung den Affen Knaggy aus der Badestube. Aber das greuliche Tier war selbst verstimmt, mit missmutigem Greisengesicht sass es auf einer Kommode und schüttelte den Kopf, so dass die lange Kette an seinem Hals bedrohlich klirrte.

Betsy fragte Bernhard, was er tun werde, er habe jetzt jeden Tag zwei Stunden mehr zur Verfügung. „Wollen Sie nicht in einem Café spielen? Ich sah viele Russen, die das tun, vornehme junge Menschen mit guten Manieren!"

Bernhard sagte, er habe kein Talent, um in einem Café zu spielen, aber sie brauche sich um ihn keine Sorgen zu machen, er werde schon etwas finden.

Betsy lachte belustigt. „Sie komischer Bernhard", sagte sie, „niemand wird sich Ihretwegen Sorgen machen! Sie sind doch ein Glückskind, alle Götter und alle guten Menschen lieben Sie!"

Zum Abschied schenkte Betsy ihm eine grosse Schachtel Schokolade und eine Photographie des Affen Knaggy, welcher greisenhaft grinsend am Steuer des eleganten schwarzen Wagens sass.

Der grosse Junge Billy schüttelte ihm die Hand und machte ein aufrichtig gerührtes Gesicht. Er durfte Betsy bis zum Meer begleiten und hatte vor, nachher nach England zu gehen.

Der Wagen fuhr ab, schwarz und elegant schob er sich in den Schwarm der belebten Strasse, noch winkte eine weissbekleidete Hand, und Betsys Cowboytuch wehte farbig hinterher.

Bekümmert blieb Bernhard zurück. Sein Anzug wurde ihm zu klein, seine Wäsche begann sich aufzulösen; er schrieb seiner Mutter, man solle ihm Socken, Taschentücher, Hemden schicken, die noch zu Hause in seiner Schublade lagen.

Er hatte grosse Lust, nach Hause zu fahren. Der Winter dauerte schon viele Monate. Bernhard fühlte sich müde wie noch nie in seinem Leben, und mit der ersten Ahnung des Frühlings begann er Pläne zu machen, richtige Heimwehpläne, wie er sich heimlich eingestand.

Sein Vater schrieb, Bernhard müsse sich bis zum Sommer gedulden, die Reise lohne sich für Ostern nicht, um so glücklicher würden sie sein, ihn nachher für mehrere Wochen bei sich zu haben.

Bernhard bleibt also in Paris, aber er ist nicht mehr fleissig, er übt unregelmässig und ohne Ausdauer, und sein Lehrer betrachtet ihn sorgenvoll.

Einzig Mica hilft ihm seit Betsys Abreise über schwarze Stunden hinweg, sie unterhält ihn wie ein Kind, beim Mittagessen erzählt sie ihm Geschichten und erklärt, sie werde sich bei Gérald über ihn beklagen.

Aber von Gérald fühlt sich Bernhard verraten, er traf ihn mehrere Abende nicht zu Hause, und der Diener sagte, Monsieur sei dringend beschäftigt. Bernhard ahnt natürlich nicht, dass Gérald von einer grossen Untersuchung in Anspruch genommen ist, dass er mehrere Operationen durchführen musste und dass sein Beruf ihn, wie das öfter vorkommt, in diesem Augenblick ganz gefangennimmt. Solche Zeiten sind eigentliche Krisen in Géralds Leben: Von einer plötzlichen Unruhe ergriffen, zweifelt er an sich und am Wert seines Daseins, er macht sich sogar Vorwürfe, dass er seinen Beruf vernachlässige, seinen jungen Freunden dabei aber nichts Gutes tue, sondern sie nur in die Sphäre seiner eigenen beunruhigten Seele hineinziehe. Ist es nicht verantwortungslos, dieses Kind Bernhard an sich zu fesseln, ihm zu erlauben, Gérald beinahe täglich zu besuchen, ihn, den Einsamen und Selbstquälerischen, der in seinem Leben zu keiner Harmonie gelangen konnte?

Und Gérald erinnert sich mit qualvoller Trauer an jenes dreizehnjährige Mädchen, das, zart und ausserordentlich liebebedürftig, vom Tode seiner Mutter erschüttert, zu ihm kam und hier Abend für Abend vor dem Kamin lag, in rührender Anmut, und seine Seele ganz gefangennahm. Vielleicht hat er damals verantwortungslos gehandelt, er hätte sie zwingen sollen, ihn zu verlassen, sich mit Kindern zu befreunden und im Luxembourg an den Teichen mit ihnen zu spielen.

Aber sie wollte lieber bei ihm sein, sie sah seine Bilder an und spielte mit den grossen Ohren seines Hundes; mit ihm führte sie altkluge Gespräche und überraschte ihn durch die plötzlichen tiefen Einsichten ihres empfänglichen Herzens.

Gérald nimmt sich vor, Bernhard nicht mehr anzurufen. Es wird besser für ihn sein, er wird freier werden und lernen, sich selbst zu entschliessen. Und gefesselt von seiner Arbeit, stürzt sich Gérald fieberhaft hinein.

Mica schleudert beim Mittagessen Brotkügelchen über den Tisch. „Du sollst Gérald in Ruhe lassen“, sagt sie zu Bernhard, „er wird schon rufen, wenn er Zeit für dich hat.“

Bernhard ärgert sich über ihre schlechten Manieren. „Du solltest Ines kennenlernen“, sagt er, „du würdest erstaunt sein, wie wundervoll und klug sie ist, und so schön!“

„Die deutschen Mädchen sind gar nicht schön!“

„In ganz Paris habe ich nie eine Frau gesehen, die man mit Ines vergleichen könnte.“

„Komm nach Rumänien. Ach, Bernhard, du hast ja keine Ahnung, was eine wirkliche Frau ist! Ihr jungen Männer von heute behandelt uns immer, als seien wir Jungen wie ihr. Ihr wisst den Unterschied gar nicht mehr. Ihr wollt, dass wir dieselben grossen Hände haben und dass wir mit euch Ringkämpfe machen können.“

„Ines hat nie Ringkämpfe gemacht“, ruft Bernhard erbittert, „aber höre doch um Gottes willen auf, mit Brotkügelchen zu werfen! Ach, wenn doch Gérald hier wäre, er würde dich gute Manieren lehren!“

Mica fühlt sich durch Bernhards Bemerkung keineswegs beleidigt, sie bedauert ihn aufrichtig, weil er, der sonst stets höflich und sanft ist, sicher nicht ohne Grund in solche Verzweiflung verfallen konnte.

Sie beschliesst, möglichst bald Gérald zu berichten, er solle sich um den kleinen Deutschen kümmern. Aber abends hat sie keine Zeit, weil ihr grosser reicher Freund sie zu spät nach Hause bringt – ein bewunderungswürdiger Mensch übrigens, stark und wohlerzogen, niemals leichtsinnig und von erstaunlicher Treue. Seinetwegen also vergisst Mica, Gérald zu telephonieren, Bernhard aber geht verbittert nach Hause, zum erstenmal fühlt er sich verletzt und preisgegeben.

Mica hat richtig vermutet, dass sein sanftes Wesen nicht ohne Ursache in solche Verwirrung geraten konnte. Bernhard ist überanstrengt, und die Geldsorgen entmutigen ihn. Er sehnt sich nach Geselligkeit; sobald er in sein Zimmer kommt, erfasst ihn Angst vor dem langen Abend. Früher war Charles da, an dessen Tür er klopfen konnte, und ausserdem natürlich Betsy, mit der er beinahe täglich zusammen war.

Warum arbeitet er nicht?

Bernhard schämt sich darüber, aber das kalte Übzimmer schreckt ihn ab, die steifen Finger wollen sich nicht erwärmen, die Stunde vergeht mit unerträglicher Langsamkeit.

Eines Abends geht Bernhard dem Ufer der Seine entlang, die Kästen der Buchhändler sind noch offen, Studenten stehen davor. Die Verkäufer, alte Männer oder Frauen mit schmutzigen wollenen Tüchern um den Hals, sitzen frierend auf kleinen Stühlen und sehen ihnen zu. Bernhard geht ganz langsam und hält die Hände in den Taschen. Er friert. Vor ihm erheben sich die Türme von Notre Dame grau im Abendhimmel, Vögel kreisen darum, beinahe senkrecht stürzen sie sich herab und erheben sich wieder in pfeilgeschwindem Flug.

Die Brücke von Saint-Michel lagert sich breit über den Fluss, am Geländer stehen Knaben und sehen in das träg rauschende Wasser hinab. Hinter ihnen fahren Wagen unablässig vorbei, grosse Autobusse schieben sich vor und verdekken sie einen Augenblick, aber dahinter tauchen sie wieder auf und fahren eilig vorüber, am Ende der Brücke stauen sie sich, eingekeilt in einen ganzen Bienenkorb roter und gelber Taxis; Signale ertönen, ungeduldig drücken die Fahrer auf ihre altmodischen Hörner, endlich löst sich der Schwarm auf, verteilt sich, führt in alle Richtungen auseinander.

Es muss fünf Uhr sein, und die Klassen sind zu Ende, viele kleine Knaben in schwarzen Schürzen kommen lärmend über die Strasse, ihre Mützen sind schmutzig und sitzen ganz hinten auf den kleinen Köpfen, die Haare dringen dunkel und wirr darunter hervor. Die Knaben pfeifen und werfen mit Steinen. Einzelne gehen ordentlich zwischen ihnen und sprechen zusammen wie Grosse, alle sind bleich und haben graue Ränder um die Augen. Bernhard sieht ihnen nach, er ist stehengeblieben und stützt sich gegen die Ufermauer. Die Vorübergehenden scheinen alle in grosser Eile zu sein, ihre nach vorn gebeugten Gestalten tauchen auf und verschwinden wie im Nebel, ihm wird schwindlig beim Zusehen, er wendet sich ab und schliesst die Augen. Aber jetzt wird er wirklich von Schwindel ergriffen, die Strasse schwankt, die Mauer scheint sich langsam in den Fluss zu senken. Bernhard öffnet gewaltsam die Augen, er geht weiter und sieht geradeaus auf die Türme von Notre Dame, die grau und unbewegt in den abendlichen Himmel ragen. Ein alter Buchhändler folgt Bernhard mit verwunderten Blikken: Der Knabe schwankt, als sei er betrunken, aber niemals hat ein Betrunkener so klar geöffnete Augen.

Bernhard geht bis nach Saint-Sulpice, er wollte den Eingang des Luxembourg erreichen, aber es ist schon zu spät, bald wird man die grossen Tore schliessen. Auch fühlt sich Bernhard sehr müde, der Schwindel hat nachgelassen, aber seine Augen brennen, vielleicht hat er Fieber. Er möchte sich setzen, er sucht eine Bank; es wäre am besten, einen Augenblick in die Kirche einzutreten, sich auszuruhen und später nach Hause zu gehen.

Bernhard sitzt dicht an der Wand, er lehnt die Stirne an einen Pfeiler, kühl und glatt berührt der Stein seine trockene Haut. Auf der Galerie hört man Schritte, jemand geht eine knarrende Treppe hinauf, dann herrscht Stille. Aber jetzt beginnt die Orgel zu spielen, nicht brausend und gewaltig, sondern gedämpft, aus grosser Ferne, wie eine einsame Menschenstimme. Dann setzt dumpf die Begleitung ein, steigt empor und vereinigt sich mit der Melodie, beide Stimmen steigen immer höher und verschlingen sich, während eine dritte voll und rein in der Tiefe ertönt.

Bernhard hält die Hände ineinander gepresst, er hört seinen grossen Meister Bach und fühlt sich bewegt, seit langer Zeit ergreift ihn zum erstenmal wieder sein mächtiger Zauber.

Indessen ist die Orgel verstummt, aber die Töne schwingen noch in dem hohen Raum und werden in immer schwächeren Wellen von Säule zu Säule geworfen. Bernhard folgt den Pfeilern mit den Augen, sie streben kühn empor und verlieren sich im Dunkel, so dass es aussieht, als schwebe die Decke frei in unermesslicher Wölbung.

Bernhard will nach Hause gehen, er stemmt die Hände auf die Bank und versucht sich zu erheben. Aber jetzt ist er wieder von Schwindel ergriffen, eine Blutwelle sprengt ihm beinahe die Schläfen, das Schiff der Kirche schwankt, das Gewölbe senkt sich auf ihn, mit beiden Händen nach der Säule greifend, stürzt er in einem jähen Wirbel mit ihr in den Abgrund.

Oben knarrt eine Treppe, Schritte ertönen auf der Galerie. Vom Altar her nähert sich, undeutlich im Halbdunkel, ein Mann und beugt sich über Bernhard.

Zunächst bewegen sich Strassen und Häuser an Bernhard vorüber, lange Reihen grauer Häuser, die wie von einem Filmoperateur sinnlos aufgenommen schief und verzerrt im bleigrauen Himmel stehen. Die Luft ist bewegt, kühl streift sie Bernhards Schläfen und dringt befreiend in seine Brust ein, er atmet tief und sieht um sich, gleich schwankt ein Baum vor ihm, wie vom Sturm erfasst, nachher aber stehen die Bäume einzeln wie Soldaten, kahl und traurig, neben ihnen eilen Menschen vorüber, eilig, wie Züge von Ameisen, ohne sich anzusehen, die Augen starr auf das Pflaster gerichtet. Sie sehen aus, als seien sie auf der Flucht, und über ihnen drohen die Winde im bleigrauen Himmel und die schiefragenden grauen Häuser. Dann wird es plötzlich still um Bernhard, Wärme umhüllt ihn wohltätig, Wind und Himmel haben sich besänftigt, ringsum sind Wände, der Boden schwankt nicht mehr. Madame Dubois taucht auf, sie gibt ihm zu trinken, ein süssliches Getränk, welches rot vor seinen Augen leuchtet, und jemand stützt seinen Kopf.

Das könnte auch Bernhards Mutter sein, er ist ja wohl krank, er hat Fieber, und er erinnert sich, dass seine Mutter ihn stützte, wenn er im Bett lag und sich mühsam erhob, um ein Glas mit Fruchtsaft auszutrinken. Nachher legte er sich wieder, man deckte ihn bis zum Halse zu und öffnete das Fenster. Kühle Luft drang herein und strich um seine Schläfen, später löschte man das Licht und liess ihn allein, und er hatte seltsame Träume.

Bernhard hat stechende Schmerzen in der Brust, er versucht tief zu atmen, aber er kann es nicht, jedesmal wird er von Husten fast erstickt. Jemand legt beruhigend die Hand auf seine Stirn, er erkennt Gérald, der neben seinem Bett steht und ihn anlächelt. „Du hast ja schöne Überraschungen für mich“, sagt er. „Nein, beweg dich nicht zuviel, sonst fängst du wieder an zu husten.“ Bernhard möchte ihn mancherlei fragen, aber er ist müde, es verursacht ihm eine ungemeine Anstrengung, die Stimme zu erheben.

Er weiss nicht, ob er wieder eingeschlafen ist, aber er fühlt, dass er jetzt in viele Decken gepackt wird, so dass er sich kaum rühren kann. Zwei Männer heben ihn auf und tragen ihn die Treppe hinunter, dann kommt er in einen kleinen Raum, in welchem er glaubt ersticken zu müssen, er wehrt sich mit verzweifelten Stössen, aber Gérald sagt neben ihm: „Es geht ja nicht lange, Bernhard, du bist gleich wieder in deinem Bett.“ Rasselnd fährt der Wagen durch die Strassen, die Bremsen kreischen unangenehm, Bernhards Kopf wird hin und her geschleudert, Lichter blenden seine Augen. Gleich darauf wird er wieder getragen, Türen öffnen sich, man legt ihn auf ein Bett, nimmt die Tücher von ihm weg, erlöst atmet er auf, sein Kopf ruht auf kühlen Kissen.

Am nächsten Tag erst begreift Bernhard, dass er bei Gérald ist, er erkennt das graue Zimmer und die Statuette des jungen Mädchens, die wie eine Schattenzeichnung in der hellen Umrahmung des Fensters steht. Oft ist Gérald da und spricht mit ihm. Er öffnet Bernhards Jacke und klopft seine Brust ab. Zum erstenmal denkt Bernhard daran, das Gérald Arzt ist.

Der junge Diener in rotschwarzer Weste kommt lautlos herein, er trägt eine Tasse mit Tee, der gelb und durchsichtig leuchtet.

Sobald Bernhard sich etwas erholt hat, kommen viele Leute, um ihn zu besuchen: Gérald und seine Freunde, sein Lehrer, Madame Dubois, Robert, Mica und der sanfte Russe.

Sein Lehrer spielt auf Géralds Flügel und lässt die Tür zu Bernhards Zimmer offen. Nachher sagt er ihm, er werde vor den Sommerferien ein Schülerkonzert veranstalten, dabei werde auch Bernhard spielen können. „Denn Sie haben grosse Fortschritte gemacht“, sagt er und streichelt Bernhards Hand, die gelblich und schmal auf der weissen Decke liegt.

Der sanfte Russe sitzt viele Stunden neben Bernhard, er spricht wenig, weil er denkt, es ermüde ihn, aber er sieht ihn an und lächelt wohltuend wie eine Frau. Wenn Bernhard einschläft, steht er auf und geht auf Fussspitzen hinaus. „Le petit Monsieur dort“, sagt er dem Diener und grüsst, indem er demütig und schräg den Kopf neigt.

Gérald kommt erst gegen Abend. Er untersucht Bernhard, der mit nacktem Oberkörper im Bett sitzt, er horcht ihn sorgfältig ab, und wenn er damit zu Ende ist, legt er den Arm um ihn und betrachtet aufmerksam seine blaugeäderten Schläfen und die blassen Ränder seiner Augen. „Zieh die Jacke an und deck dich zu“, sagt er, „morgen darfst du ein wenig herumlaufen, damit du hungrig wirst, du bist ja viel zu mager, kleiner Bernhard.“ Er streicht ihm das feuchte Haar aus der Stirn.

Von Ines kommen zwei Briefe. Sie schreibt über Gert, dem sie von Bernhards Krankheit berichtet habe und der so bald als möglich nach Paris kommen wolle, um Bernhard zu besuchen. Gérald und Bernhard sprechen oft über Gert. Beide warten mit Spannung auf seine Ankunft.

Bernhard erzählt Gérald: „Ines schreibt, Gert sei traurig und ich müsse versuchen, ihm Freude zu bereiten. Es scheint, dass er Kummer durch Leon erlitten hat, das ist Christinas Bruder. Mica hat mir von ihm erzählt. Sie sagte, er sei schön und hart – sie gebraucht immer solche Ausdrücke –, aber ich denke mir, dass Gert ihn sehr geliebt hat. Gert ist ein weicher Mensch, er gleicht manchmal Charles, er lässt sich so leicht beeinflussen. Ich habe Ihnen schon gesagt, dass er viel Talent besitzt, aber ich weiss nicht, ob er ein Künstler ist. Ines und ich haben darüber oft gesprochen. Ines schreibt, er habe sich verändert, er sei ängstlich und wie verstört. Ich fürchte sehr, dass man ihn verletzt hat ... Sie müssen ihn ernst nehmen, Gérald, versprechen Sie mir das!"

„Warum fürchtet ihr, jüngste Jugend, immer, dass man euch nicht ernst nehmen könnte?"

„O Gérald, ich weiss, dass es bei Ihnen nicht der Fall ist, aber die anderen verachten so oft unsere Bemühungen, sie sind zu vergesslich, sie glauben, dass alles, was wir tun, vorläufig und unwichtig sei. Nur deshalb glauben sie es, weil sie selbst schon zur Ruhe gelangt, schon ausgegeben sind, sie haben ihre Reizbarkeit nicht mehr, sie schwanken nicht, sie stehen auf fest erobertem Boden. Darauf sind sie stolz, und sie glauben, es müsse unser einziges Ziel sein, so rasch als möglich ihnen ähnlich zu werden."

„Ihr seid ja nicht schwach, Bernhard, ihr habt alle Mittel, um euch zu beweisen, wenn ihr nur mutig sein wollt."

„Gert ist bis jetzt nicht mutig gewesen. Gérald, ich spreche ja nicht von mir, ich spreche für meinen Freund Gert, der beinahe zugrunde gegangen ist. Ich wusste nichts davon, vielleicht hatte er mich vergessen. Aber Ines schrieb mir, er sei mutlos gewesen bis zur Verzweiflung, er fühlte sich von allen Seiten in Frage gestellt, er glaubte nicht mehr an sein Talent, er wollte nicht mehr leben, weil er glaubte, Leon liebe ihn nicht. Sie wissen wohl, Gérald, dass viele Menschen ihn deswegen verachten oder bemitleiden würden, das eine ist so schlimm wie das andere, beides ist eine Verurteilung. Aber ich kenne Gert, man darf ihm keine Vorwürfe machen, er ist zwiespältig und unsicher und beinahe zur Lüge gezwungen. Er liebt Ines und mich sicher ebenso sehr wie diesen merkwürdigen Fremden Leon, vielleicht hatte er, als er bei ihm war, Heimweh nach uns. Aber ihm ist das Leben nichts anderes als eine Kette von Abenteuern, er ist immer wie verzaubert, seine Seele ist geöffnet und schwankt, von allen Eindrücken getroffen; wer weiss, vielleicht ist Leon eine grosse Bezauberung für ihn gewesen! Und, Gérald, solche Menschen können keine Grenzen machen zwischen Traum und Wirklichkeit, darum eben sind sie fähig, Künstler zu werden, aber sie sind auch fähig zu ganz besonderen Leiden."

„Glaubst du nicht, dass Gert eines Tages ein Bild malen kann, weil er so merkwürdige Verzauberungen erlitten hat?"

„Sie werden ihn also ernst nehmen, Gérald?"

„Ich werde ihn lieb haben."

Weil Bernhard noch nicht ausgehen soll, wird Gérald an die Bahn gehen, um Gert zu holen.

Bernhard wartet mit Ungeduld. Er geht in Géralds Zimmer hinüber, wo der Diener eben den Tee richtet. „Es geht dem jungen Herrn besser?" fragt er freundlich, und Bernhard antwortet, leidlich, er fühle sich noch schwach auf den Beinen. „Ich muss zuerst wieder gehen lernen", sagt er und lässt sich seufzend in einen Stuhl fallen. Er betrachtet die Photographien von Géralds jungen Freunden: In letzter Zeit kann er sich an Gerts Züge nicht mehr erinnern, sie vermischen sich immer mit den schwermütig erhobenen Gesichtern dieser Jünglinge und Mädchen, auch unter ihnen sind einige, welche wie Gert einen seltsam klagenden Mund haben.

Draussen wird die Wohnungstür geöffnet, Stimmen ertönen im Vorzimmer. Bernhard will aufstehen, sein Herz klopft heftig. Aber schon stürzt Gert herein, sehr bleich, sehr mager, aber mit strahlendem Gesicht, und er umarmt Bernhard so rasch, dass beiden der Atem vergeht. „Es ist gut!" ruft Gérald lachend unter der Tür. „Lassen Sie das Kind am Leben", und Gert wendet sich strahlend um. „Ich bin glücklich, hier zu sein", sagt er, „ich fühle mich wohl bei euch." Während sie Tee trinken, wiederholt er plötzlich: „Man fühlt sich so wohl bei euch. Man wird endlich einmal in Ruhe gelassen. Man wird nicht mehr in Frage gestellt." Er sagt es auf französisch: „On n'est plus mis en question", und Bernhard sieht einen Augenblick zu Gérald hinüber, um ihn an ihr gestriges Gespräch zu erinnern.

Indessen fährt Gert mit schmerzlich zusammengezogenen Brauen fort, als müsse er sich erklären: man könne es ja nicht ertragen, immer angezweifelt, niemals ernst genommen zu werden. Er wisse genau, wieviel Zweifelhaftes, Zwiespältiges, ja eben Fragwürdiges er in sich trage, aber was helfe es, ihm dies vorzuwerfen; entscheidend sei doch, dass man diese qualvolle Unsicherheit überwinden könne, dass man Frieden finde vor sich selbst.

„Sie sind sehr jung, um so zu sprechen", sagt Gérald, der plötzlich gemahnt wird an seine eigene zwiespältige Situation ...

Dann antwortet Gert: „Das ist es nicht, Herr. Wir Jungen

sind ja viel verletzlicher, weil wir geöffneter sind, unser Leben ist eine einzige Frage, und wir leben nur von den Erregungen unserer Seele."

Gérald stützt das Kinn auf die gefalteten Hände. Während er spricht, sieht er die Knaben nicht an, er sieht an die Wand, wo die Photographien hängen, die erhobenen Gesichter mit den gross und aufmerksam geöffneten Augen. „Es ist gut", sagt er, „ihr sollt nur durch Frage und Unruhe leben; dass ihr beunruhigt seid, ist das Beste an euch. Ich möchte, dass ihr immer bereit seid aufzubrechen; ihr dürft euch nicht zu leicht einem Gesetz unterwerfen, ihr dürft nicht zu rasch sesshaft werden, ihr sollt nicht zufrieden sein."

„Sie lehren uns die Revolution?"

„Ihr missversteht mich. Wir brauchen jetzt keine Revolution, ich bin froh, wenn ihr euch davon entfernt habt. Ihr sollt auch nicht in Revolution sein gegen eure Eltern, das alles müsst ihr überwinden und vermeiden lernen. Aber ihr sollt euch die Freiheit bewahren, ich meine die freie Entscheidung der Seele, und ihr sollt euch vor eurer Beunruhigung nicht fürchten: Das Leben ist vielfältig und beunruhigend, und daher kommt seine Schönheit und seine Fruchtbarkeit."

„Aber ich war unglücklich!" Gert sagt das unerwartet und leidenschaftlich, und Gérald legt ihm die Hand auf die Schulter, wie um ihn zu besänftigen. „Sie haben Schmerzen erlitten", sagt er freundlich, „Sie haben ganz recht, uns daran zu erinnern. Der Schmerz eines Menschen duldet keinen Aufschub, er will zuerst und vor allem sein Ende finden, nicht wahr?"

„Ich möchte nicht mehr leiden."

„Sie sollen auch nicht mehr leiden. Sie sollen Ihre Schmerzen vergessen und alles, was dazu Ursache war. Sie werden sehen, dass das Leben ganz neu an Sie herantritt, überraschend und voller Abenteuer. Aber Sie müssen wieder ein einfacher Mensch werden, geben Sie sich jeder Stunde des Tages mit bereiter Seele hin, seien Sie gläubig: Sie dürfen sich nichts vornehmen und von sich nichts fordern. Die Kritik der anderen geht Sie nichts an. Lassen Sie sich tragen von Ihrer Sehnsucht, von Ihrer Freude, meinetwegen von Ihrer Beunruhigung. Das alles ist nicht wichtig, *wichtig ist allein, dass Sie sich gläubig ergreifen lassen.*"

Gert antwortet nicht, er erinnert sich dunkel daran, dass Leon ihm einmal gesagt hat: „Du musst lernen, ein einfacher Mensch zu werden", und er denkt nach, was damit gemeint sein könne.

Aber Bernhard, den das Schweigen stört, öffnet das Fenster und beugt sich weit hinaus. „Es ist Sommer", ruft er ins Zimmer zurück, „der Sommer fängt schon an. O Gert, wir werden bald verreisen, nicht wahr, wir werden auf den grossen Strassen fahren bis dahin, wo die Ferne zu Ende ist, und dann hinein in eine neue, noch unerreichbarere. Ihnen, Gérald, werden wir viele Postkarten schreiben, und wir werden an Sie denken, wenn wir bis dahin kommen, wo die Berge sich hinabsenken gegen die grünen Täler, ringsum sind Gletscher, Felsen und Sonne, in vielen Windungen schlängelt sich die Strasse abwärts, unten aber liegt das Land Italien, südlicher Verheissung voll."

Es liegt kein Grund vor, hier abzubrechen, die Schicksale des Knaben Bernhard und seiner Freunde sind – darüber kann kein Zweifel herrschen – durchaus nicht erschöpft, ja, sie haben noch kaum begonnen. Es fällt mir nicht leicht, mich von Christina und Leon zu trennen und mich mit dem Wenigen zu begnügen, was ich von ihnen bisher berichten konnte. Denn zweifellos sind diese beiden Menschen durch ihre Begabung und Schönheit merkwürdig, sie üben durch die kühle Überlegenheit ihres Auftretens und durch ihre unberührbare dumpfe Melancholie eine Macht und Anziehungskraft aus, die weit über das Gewöhnliche hinausgeht.

Gross ist auch die Versuchung, sich eingehender mit Gérald zu beschäftigen, diesem Sohn eines Bauern und einer jüdischen Gelehrtentochter, dessen zwiespältiger Fall leider nur am Rande unseres Interesses liegen konnte.

Auch von Mica und dem Schüler Charles und von der hoffnungsvollen Laufbahn des Musikers Ferdinand müsste lange gesprochen werden.

Vor allem aber frage ich, was mich zwingen kann, Ines zu verlassen, sie, die mir, während ich dieses Buch schrieb, nahe stand und von der nur deshalb so wenig die Rede war, weil ihr unvergleichliches Wesen durch Worte kaum begriffen werden kann. Sie spricht und handelt weniger als die anderen, sie drängt sich dem Interesse nicht auf, aber wir wissen, dass sie dem Leben nahe verbunden ist, und nie werde ich vergessen, dass, als sie Gert in die Arme schloss, plötzlich Tränen über ihr Gesicht rannen ...

Von dem Knaben Bernhard sei gesagt, dass er, der von allen Geliebte, wohl nie in ernstliche Gefahr geraten kann. Meine einzige Sorge ist, ob er fleissig sein wird und ob es ihm gelingen wird, mit seiner von Kampf und Verteidigung so weit entfernten Liebenswürdigkeit den Anforderungen des Lebens zu genügen. Aber vielleicht ist auch diese Sorge unnötig, denn die Gunst des Schicksals begleitet ihn.

Es bleibt noch, von Gert zu sprechen. Aber wie könnte ein Buch über junge Menschen überhaupt ein berechtigtes Ende haben? Wie liesse sich beispielsweise behaupten, dass Gert, dessen Zukunft mir am Herzen liegt, an Sicherheit und Kühnheit gewonnen habe und dass er fortan dem Leiden weniger hemmungslos preisgegeben sei? Seine rasche Begeisterung, seine erschütternde Mutlosigkeit, seine Heftigkeit in allen Dingen machen ihn zum Leiden recht eigentlich bestimmt, sein Bedürfnis, geliebt zu werden, und seine schwankende Empfänglichkeit werden ihn noch oft an solche ausliefern, die der Reiz seines Wesens entzückt und die ihm, wie Leon, „in allem überlegen sind".

Allein in diesem Augenblick ist er unter Bernhards freundlicher Einwirkung in einem glücklichen Aufschwung begriffen, sie wieder zusammen zu sehen scheint mir tröstlich und ermutigt mich, mein Buch an dieser Stelle zu beenden ...

# Nachwort

## Annemarie und ihre Freunde

Es war ein aufschlussreiches Missverständnis, von dem der Rezensent der „Neuen Zürcher Zeitung“ berichtet. Das Foto auf dem Umschlag hielt ein uneingeweihter Leser für eine Illustration: Bernhard, der Titelheld des Romans. Tatsächlich handelt es sich um ein Bild der Autorin Annemarie Schwarzenbach.

„Bernhard weiss nicht, ob es die Köpfe von Knaben oder von Mädchen sind“, die er in Géralds Foto-Galerie betrachtet. Es sind Bilder junger Menschen, die sich zu gleichen scheinen: Sie haben alle denselben Ausdruck. „Ihre Augen sind gross und aufmerksam geöffnet, und ihre Gesichter tragen einen Ausdruck von schmerzlicher Gespanntheit.“ Ein Gesicht fasziniert ihn besonders: klare Formen, streng gezeichnete Brauen über schönen Augen. Wieder weiss er nicht, ob es ein Knabe oder ein Mädchen ist – Annemarie Schwarzenbach, deren androgyne Erscheinung auf Fotos zu bewundern ist, hat sich hier selbst porträtiert.

Ihr Roman *Freunde um Bernhard* erzählt von den Gefühlen junger Menschen, ihren Hoffnungen und Sehnsüchten, ihrer Verzweiflung. Das Buch ist eine Galerie von Porträtaufnahmen und Gruppenbildern: Bernhard, Gert und Ines, Charles und Gérald, Christina und Leon. Die Beziehungen wechseln: Liebe zu dritt, Liebe zwischen Knaben, Liebe zwischen Mädchen – und doch geht es keusch, ja fromm in diesem Liebesreigen zu. Die Erwachsenen mögen sich entrüsten, sie verstehen nichts. Der eigentümliche Charme des Buches liegt in seiner Unschuld. Auch in der literarischen Unschuld der Autorin, die ganz offensichtlich noch nicht das Schriftsteller-Handwerk beherrscht. Dafür steht sie ihren Figuren sehr nah: Deren Emotionen – auch ihre Sentimentalitäten, ihre Posen und ihr Selbstmitleid – sind das eigentliche Thema eines Romans, dessen Handlung eher belanglos ist und dessen kompositorische Schwächen offen zutage liegen. Das Buch ist angreifbar, ihm fehlt der literarische Panzer: Annemarie Schwarzenbach schreibt ungeschützt.

„Liebe Erika, ich habe heute schon zehn Seiten an dem geschrieben, was vielleicht ein Roman werden wird, falls ich genug Geduld u. Talent aufbringe", teilt sie im September/Oktober 1930 ihrer neuen Freundin Erika Mann mit. Während der erste Teil des Briefes im konventionellen Stil privater Korrespondenz gehalten ist, gesteht sie im „Sonntag nacht" datierten Zusatz „ganz unberechenbare Anfälle völliger Entmutigung". Während dieser depressiven Phasen wünscht sie sich, „dass mein grosser Bruder Eri kommt" – Erika Mann, die sie nie als Schwester tituliert, ist die bewunderte starke Person, an die sie sich in der Rolle des schutzbedürftigen Kindes noch oft in ihrer Not wenden wird.

Schon der nächste Brief aus Bocken vermeldet, „dass die Zustände hier von Tag zu Tag an Unerträglichkeit zunehmen". Kurz zuvor hat es eine unangenehme und offenbar heftige Auseinandersetzung gegeben: Die gestrengen Eltern haben der Tochter den Umgang mit dubiosen Leuten, schriftstellernden Paradiesvögeln wie Karl Vollmoeller und Ruth Landshoff strikt verboten, doch Annemarie hält sich nicht daran. Die Mutter wirft ihr Verrat vor: Damit würde sie sich selbst degradieren und sich ausserdem vom Elternhaus lossagen. Bernhard hat im Roman das gleiche Problem: Sein Vater verübelt ihm, dass er nicht die guten Beziehungen der Familie zu den besseren Kreisen nutzt, statt dessen sich eigene Freunde wählt. Er spürt, dass der Sohn aus der Kaste ausbricht. Bernhard wird Musiker – hier wirkt noch immer das traditionelle Muster, wonach die Künstler-Existenz das Gegenbild zum Leben des Bürgers abgibt. Auch Annemarie Schwarzenbach stand dank ihrer Herkunft die vornehme Gesellschaft offen. Die Studentin steht vor dem Abschluss ihrer Promotion: Parallel zu ihrem ersten Roman arbeitet sie an einer Dissertation, ihr Doktorvater heisst Carl Jacob Burckhardt. Verschärfend zu dem Generationskonflikt mit seinen sozialen Vorzeichen kommt ein Problem, das so unverblümt im Roman nicht zur Sprache kommen darf. Jedem jungen Homosexuellen, der das Erlebnis des Coming-out hatte, stellt sich die Frage: Wie sage ich es meinen Eltern? Ob Erika Mann nicht ein wenig zu ihren Gunsten reden könnte? Annemarie Schwarzenbach will ja – auch Bernhard rebelliert nicht gegen seinen Vater – eine gute Tochter sein, sie respektiert und bewundert ihre Eltern. Und so endet der Brief an Erika Mann, der mit der Klage über die despotischen Eltern beginnt, mit dem überraschenden Wunsch: „Du musst sie unbedingt kennenlernen!"

Das konnte nicht gut gehen: Mutter Schwarzenbach führte die „Fehlentwicklung" ihres früher so braven Mädchens auf den verderblichen Einfluss Erika Manns zurück. Sie hat ihr später nicht nur das Haus verboten, sondern auch alle Briefe vernichtet. Erhalten geblieben sind nur Schwarzenbachs Schreiben an die Freundin, die im Handschriften-Archiv der Münchner Städtischen Bibliotheken aufbewahrt werden und in einer Auswahl gedruckt vorliegen. Einem besonderen Umstand ist es zu verdanken, dass wir sie hier als Quelle heranziehen können: Bis zum Abschluss ihres Studiums sitzt Annemarie in Bocken fest, sie kann Erika Mann nicht besuchen, sondern ihr nur schreiben. Und so geben die Briefe detailliert Auskunft über die Entstehung von *Freunde um Bernhard*, einem Buch, das – laut Schreiben vom 9. Februar 1931 – „eigentlich" für die Freundin geschrieben wurde.

Der grosse Bruder Eri – gerade drei Jahre älter, aber doch viel erfahrener in der Welt der Literatur – liest die frühen Prosaversuche Annemaries und macht, wie aus der Antwort zu schliessen ist, einige kritische Anmerkungen. Der wichtigste Einwand betrifft einen heiklen Punkt: „Dass der Junge kein Junge ist, begreife ich vollkommen", akzeptiert Annemarie Schwarzenbach. „Ich glaube dass der Knabe Bernhard ein ähnlicher ‚Fall' werden wird", fürchtet sie, will die Figur aber mit mehr Sorgfalt ausführen, um zu vermeiden, dass sie „verdächtig mädchenhaft" wirkt. Leider kommt Erika Mann nicht dazu, das noch unfertige Romanmanuskript zu lesen: Die Proben zu Klaus Manns Theaterstück *Geschwister* lassen ihr keine Zeit, auch empfindet sie die flammenden Liebesbriefe Annemaries wohl als lästig und hält ihrerseits eher auf Distanz. Der Briefwechsel wird immer mehr zum Monolog, in dem Schwarzenbach fortlaufend von der Arbeit am Roman berichtet. Die Figur Gert wird bald wichtiger als der Titelheld Bernhard, und die Autorin, die Ende November an den letzten Kapiteln sitzt, bekennt: „Ich glaube meine innerste Sympathie gehört Gert, diesem feigen und scheusslichen Jungen." Die Konstellation hat sich verschoben. Der hübsche Knabe Bernhard, um den sich ursprünglich alles drehen sollte, tritt fast in den Hintergrund, während nun das Geschwisterpaar Christina und Leon die Szene beherrscht. Leon sei „ein bezaubernder Mensch, schön und begabt und wunderbar teilnahmslos", erläutert die Autorin der Brieffreundin. Gert mit seiner grossen Liebe rennt vergeblich gegen ihn an: Er kann „sein Herz nicht berühren", so wie Schwarzenbachs Liebe zu Erika Mann unerwidert bleibt. In diesen Romanpassagen spiegelt sie ihr Verhältnis zu dem Geschwisterpaar Mann, obwohl sie zu diesem Zeitpunkt Klaus noch gar nicht gesehen hat. Aber auch im Roman liebt Gert Leon, bevor er ihn zum erstenmal zu Gesicht bekommen hat – der Angebetete ist eine „Erfindung", eine pubertäre Schwärmerei, die Projektion eines zutiefst Einsamen.

*Freunde um Bernhard* ist kein Schlüsselroman: Es ist für die Lektüre des Romans unerheblich, welche Züge realer Personen die Autorin in welche Romanfiguren verarbeitet hat. Das Buch ist autobiographisch in dem Sinne, das es einen intimen Einblick in die Gefühlswelt der Autorin und ihrer Freunde gewährt. Der ihr wohlwollende Gelehrte Burckhardt empfand ihre frühe Prosa als zu privat und riet deshalb von einer Veröffentlichung ab. In einem Brief an Erika Mann setzt Schwarzenbach dagegen: „Eine ‚Preisgabe' wird es immer sein, u. Anlass zu missverständlichen Deutungen wird es immer geben solange man jung ist u. sich selbst mitschreibt, was nicht zu vermeiden ist."

Kurz vor Abschluss der Arbeit an *Freunde um Bernhard* überfallen sie Selbstzweifel. Da fühlt sie sich ihrer Romanfigur Gert ganz nah, der „nicht nur an Leon leidet, sondern auch an seiner Talentlosigkeit". Gert will seinen Künstler-Traum verabschieden, nachdem Bernhard nach Paris gegangen ist: Denn er hat nur den Freund gern gemalt, „ohne ihn geht es nicht". Auch Schwarzenbach braucht diese persönliche Motivation, deshalb ihr verzweifeltes Werben um Erika Mann. Zugleich ist sie sich bewusst, dass der echte Künstler für die Öffentlichkeit schafft: Dieses Manuskript ist, nachdem sie manches zurückgehalten hat, nicht für die Schublade, sondern zur Publikation bestimmt. Sie hat sich entschieden, Schriftstellerin zu werden – wie alle ihre Freunde, die aus ihrem Leben mehr oder weniger direkt Literatur machen: in erster Linie natürlich die Geschwister Mann, aber auch Ruth Landshoff, die gerade den Roman *Die Vielen und der Eine* herausgebracht hat, oder Wilhelm Speyer, der zu den ersten Lesern von *Freunde um Bernhard* gehört.

Schwierigkeiten, einen Verlag für ihr erstes Buch zu finden, hat Schwarzenbach nicht. Die Erstausgabe erscheint Ende Juni 1931 bei Amalthea, Zürich/Leipzig/Wien. Der Verlag liess sich einen Druckkostenzuschuss zahlen, und ein Lektorat fand offensichtlich nicht statt. Mit der Resonanz der Kritik kann die Autorin zufrieden sein. In der Illustrierten „Sie und Er" ist eine zweiseitige Eloge von Edwin Wieser zu lesen: Überschwenglich lobt er den Roman als „vollendet in seiner Art, duftend von eigenartiger Schönheit, durchstrahlt und durchgoldet von einer eigenwilligen, heiligen Liebe zur Jugend von heute". Interessanter ist die Besprechung im „Mannheimer Tagblatt". Die Rezensentin Ellen Bloemendal schätzt die literarischen Qualitäten des Erstlingswerks nüchtern-realistisch ein; bemerkenswert erscheint ihr Schwarzenbach als Repräsentantin ihrer Generation. „Jahrgang 1908: Individualismus“ ist die Buchkritik überschrieben. Bloemendal zitierte eine zentrale Passage aus dem Buch: „Wir Jungen sind ja viel verletzlicher, weil wir geöffneter sind, unser Leben ist eine einzige Frage, und wir leben nur von den Erregungen unserer Seele.“ Diese jungen Menschen, die weder Krieg noch Revolution bewusst miterlebt haben, misstrauen allen politischen Ideologien: „Zuviel ist schwankend geworden“, kommentiert Bloemendal, „zuviel eingefallen, als dass sich die Jugend auf etwas anderes zu konzentrieren wagte als auf das, was sie am genauesten kennt, auf sich selbst.“ Die soziologische Perspektive erhellt durchaus einen wichtigen Aspekt des Buches: Der Wunsch, sich zu engagieren, ist vorhanden, nur fehlt ihm ein Ziel. „Ambitionen ethischer Art weichen einer ausserordentlich sensiblen, seelischen Ästhetik“, erkennt die Rezensentin.

Ängstlich gespannt wartet Schwarzenbach auf die Besprechung in der „Neuen Zürcher Zeitung“. Deren Feuilletonchef Eduard Korrodi versteht sich als Förderer der jungen Autorin; er hat in seinem Blatt einige ihrer Arbeiten publiziert, andere zurückgeschickt. Korrodi nimmt sich des Romans selbst an und zieht die Rezension als Streitgespräch auf: So kann er seinen zwiespältigen Eindruck, die kritischen Einwände wie seine Faszination, geschickt kontrastieren. Einem Gegner legt er das Verdikt in den Mund, das Buch sei „etwas transparent Schönes, oberflächlich Berückendes, von sehr viel Takt und Grazie Geformtes, aber ohne Gehalt“. Korrodi formuliert in seiner Kritik Spitzen, die kein Zeitungsleser verstehen kann – der Artikel richtet sich eigentlich an Schwarzenbach. Er spricht, trotz unverhohlener

Sympathie für die Autorin, mit der Stimme der Eltern: Korrodi warnt davor, „ein solches Buch, das ja die ‚Freunde um Bernhard' aus Korpsgeist sowieso rühmen", zu überschätzen. Im letzten Absatz nennt er erst den Namen der Verfasserin des umstrittenen Romans und fügt süffisant hinzu: „Offenbar nicht jene Annemarie, die in die ‚goldene Horde' W. Speyers geriet."

Wichtiger als die publizierte Meinung ist Schwarzenbach das Urteil der Freunde. Von Wilhelm Speyer zum Beispiel, der sie in seinem Roman *Die goldene Horde* porträtiert hat. Der Erfolgsautor gibt sich sibyllinisch: Sie werde wohl nie ein besseres Buch schreiben als dieses. Die Journalistin Ursula von Hohenlohe, berichtet Schwarzenbach mit gleicher Post Erika Mann, „hat mir gesagt ich sollte kein zweites Buch wie den ‚Bernhard' schreiben u. wenn ich nicht so masslos verwöhnt u. verzogen wäre, hätte ich es wohl nicht gedruckt". Gerade in den Briefen an den grossen Bruder Eri kokettiert sie gern mit ihrer „Matrosenrolle" und gesteht freimütig, im Roman wie im Leben immer wieder „meine 17jährigen Komplexe vorzutragen". Dabei ist sie 25 Jahre, hat den Doktortitel und einen Roman veröffentlicht: Nichts kann sie mehr halten in Bocken, im September 1931 siedelt Schwarzenbach nach Berlin über.

Wie es weiterging mit dem Freundeskreis – am Ende ihres Buches war die Autorin ratlos und verabschiedete sich mit einem literarischen Trick. Die Romanfiguren sind Fragmente, meinte Kritiker Korrodi und fügte hinzu: „Man ist wirklich begierig, wie das Leben sie kneten wird."

„Es kamen nach dem Essen noch andere Freunde herzu, ein Geschwisterpaar, die wir ‚die Kinder' zu nennen pflegten, wenn wir von ihnen sprachen. In ihrer Gesellschaft war eine junge Dichterin von bestürzender Schönheit", heisst es in Wilhelm Speyers Erzählung *Sommer in Italien.* Im Schlepptau von Klaus und Erika Mann, Kennern der Szene, lernt sie die Boheme der Roaring Twenties kennen. Neugierde und Erlebnishunger, das wilde Ausprobieren und Auskosten der verbotenen Freuden (Libertinage, Drogen) und, vielleicht das Wichtigste, Freiheit von der Bevormundung durch die Erwachsenen. Der Sohn des Nobelpreisträgers spielt das Enfant terrible des Literaturbetriebs, die Tochter des Schweizer Textilfabrikanten treibt sich in zweifelhaften Lokalen herum. Und doch ist es mehr als die verspätete Rebellion gegen die Eltern, auch wäre es falsch, sich das aufregende Leben dieser Jahre als unbeschwert-glückliche Zeit vorzustellen. Schwarzenbach ist „vergnügungssüchtig": Sie braucht dieses Betäubungsmittel, so wie sie mit dem Rauschgift ihre depressiven Anfälle bekämpft. Sie führt – auch nach Meinung von Freunden wie Ruth Landshoff – ein höchst unvernünftiges Leben und weiss darum. In *Freunde um Bernhard* heisst es über Charles: „Er treibt alles ohne Grenzen, und er wirft sich in jedes Abenteuer mit gefährlicher und unverständiger Intensität. Wenn man ihn fragen wollte, warum er dies tue – da er doch Verstand besitzt und sich sagen müsste, dass die Art seines Lebens sinnlos ist –, so würde er vermutlich zur Antwort geben, dass er sich hasse."

In ihrem literarischen Debüt ist die Schriftstellerin Annemarie Schwarzenbach bereits zu erkennen, allein das rechtfertigt die Veröffentlichung. Die Sehnsucht nach einem anderen Leben, das von Freundschaft und Liebe bestimmt wird, kommt manchmal rührend naiv zum Ausdruck. Es ist – bei aller Schwermut – ein heiter gestimmtes, optimistisches Buch, dessen beste Passagen an den Roman *Jules und Jim* von Henri-Pierre Roché erinnern. Es schliesst mit Hoffnung und Zuversicht, entwirft die Utopie einer Freundschaft, die auch den zum Leiden prädestinierten Gert – vielleicht – erlöst. Das Leben schreibt andere Romane: Trotz guter Freunde vereinsamt Annemarie Schwarzenbach, bleibt mit ihrem Liebesbedürfnis allein. Nach einem ihrer häufigeren Zusammenbrüche notiert Klaus Mann um die Jahreswende 1940/41 in seinem Tagebuch: „Die Zwangsjakke, die geöffneten Pulsadern, das Rettungsautomobil, die geschlossene Anstalt, die Flucht, das Toben, wieder die Zelle: so enden diese zarten Dramen in dieser unbarmherzigen Zeit."

*Michael Töteberg*

Sonderedition zum 100. Geburtstag
von Annemarie Schwarzenbach

*Lyrische Novelle*
Mit einem Essay von Roger Perret
148 Seiten, gebunden
ISBN 978 3 85787 391 1

*Freunde um Bernhard*
Roman
Mit einem Nachwort von Michael Töteberg
198 Seiten, gebunden
ISBN 978 3 85787 390 4

*Bei diesem Regen*
Erzählungen
Mit einem Nachwort von Roger Perret
248 Seiten, gebunden
ISBN 978 3 85787 395 9

*Tod in Persien*
Mit einem Essay von Roger Perret
160 Seiten, gebunden
ISBN 978 3 85787 393 5

*Winter in Vorderasien*
Tagebuch einer Reise
180 Seiten, gebunden
ISBN 978 3 85787 392 8

*Alle Wege sind offen*
Die Reise nach Afghanistan 1939/1940
Mit einem Essay von Roger Perret
172 Seiten, gebunden
ISBN 978 3 85787 394 2

je Band € 12.–, sFr. 19.80

Annemarie Schwarzenbach im Lenos Verlag

*Lorenz Saladin*
*Ein Leben für die Berge*
*Herausgegeben und mit einem Essay versehen*
*von Robert Steiner und Emil Zopfi*
*272 Seiten, gebunden*
*ISBN 978 3 85787 385 0*

»Schwarzenbach war keine Bergsteigerin, und doch hat sie mit viel Einfühlungsvermögen jene Leidenschaft beschrieben, die einen Menschen unter Einsatz seines Lebens in die eisigen Höhen zieht.«
*NZZ am Sonntag*

## Annemarie Schwarzenbach im Lenos Verlag

*Reportagen und Feuilletons 1930–1942*
*Herausgegeben und mit einem Nachwort versehen*
*von Roger Perret*
*287 Seiten, gebunden*
*ISBN 978 3 85787 369 0*

»Der Band enthält 29 Reportagen und Feuilletons, Gedanken über das Europa der Dreissiger- und Vierzigerjahre, atmosphärische Reiseberichte, Texte über die Schweiz, aber auch Buch- und Filmbesprechungen. (…) Ein packendes Porträt einer engagierten Kosmopolitin.«
*Berner Zeitung*

ANNEMARIE SCHWARZENBACH IM LENOS VERLAG

*Ausgewählte Reportagen, Feuilletons und Fotografien 1933–1942*
*Hrsg. von Regina Dieterle und Roger Perret*
*Mit einem Nachwort von Regina Dieterle*
*Sonderausgabe, 389 Seiten u. 64 Bildtafeln, broschiert*
*ISBN 978 3 85787 241 9*

»Es sind Reiseberichte, Feuilletons und Stimmungsbilder, die bestechen durch das in jeder Zeile spürbare Engagement einer leidenschaftlichen Beobachterin. In der Konfrontation mit dem Fremden suchte sie sich ihrer unsicheren Identität zu vergewissern, ausserdem aber wollte sie stets aufklären: über Unrecht, Gewalt und Unterdrückung ...«
*Frankfurter Allgemeine Zeitung*

Ella Maillart im Lenos Verlag

*Mit Annemarie Schwarzenbach unterwegs nach Afghanistan*
*Aus dem Englischen von Carl Bach*
*280 Seiten, broschiert*
*ISBN 978 3 85787 663 9*
*Lenos Pocket 63*

»Das Werk ist mehr als ein spannendes Reisebuch, ein eigentlicher Schlüsselroman über Annemarie Schwarzenbach.«
*Badener Tagblatt*